# 寻找香格里拉

Looking for Shangri-La

阿来 著

人民文学出版社

图书在版编目(CIP)数据

寻找香格里拉/阿来著.—北京:人民文学出版社,2023(2024.3加印)
ISBN 978-7-02-017989-3

Ⅰ.①寻… Ⅱ.①阿… Ⅲ.①长篇小说-中国-当代 Ⅳ.①I247.5

中国国家版本馆CIP数据核字(2023)第082714号

责任编辑　卜艳冰　杜玉花
装帧设计　蔡立国

出版发行　人民文学出版社
社　　址　北京市朝内大街166号
邮政编码　100705

印　　制　凸版艺彩(东莞)印刷有限公司
经　　销　全国新华书店等

字　　数　130千字
开　　本　889毫米×1194毫米　1/32
印　　张　8.25
版　　次　2023年7月北京第1版
印　　次　2024年3月第4次印刷

书　　号　978-7-02-017989-3
定　　价　55.00元

如有印装质量问题,请与本社图书销售中心调换。电话:010-65233595

## 一　美国　某植物园

一九七五年。

白发苍苍的洛克，弓着挺不直的腰身在花草树木间缓缓移动。他神情落寞，不断地喃喃自语，但听不清他在嘀咕些什么。

他穿过那些热带植物，高大的棕榈，茂盛的品种繁多的热带兰，似乎在寻找什么。

他在一株杜鹃树前停下，抚摸它革质的叶片。我们听清楚了他的话："是我把你带到了这里，从中国，从日松贡布雪山下。"

他又走到一株大风子树前，伸手摩挲带着血色的树皮："是我把你们带到了这个国家。还是从中国。那时，我们一样年轻，如今你还如此生机勃勃，我已经老了，只剩下遥远的回忆了。"

树木高大挺拔。绿色的树冠在太阳下闪闪发光。

风吹来，枝叶摇动，透过树隙的光斑在老人脸上晃动。

他坐在长椅上,脸上现出隐约的微笑,陷入回忆。

杜鹃花树和大风子树在中国西南部云南和四川交界的山野中迎风摇动。雾气飘过,阳光沐浴,群峰起伏。风吹过,花朵艳丽,黄叶飞舞。

洛克打开一本旧的《国家地理》杂志翻动,一页页黑白照片叠印而出:雪山、湖泊、一律表情凝重各种异国的人物。

他掏出笔,用长满老年斑的手在杂志的空白页上写下:"我此生最后的文字,我自己撰写的墓志铭:这个人的青年与壮年都献给了中国,他的余生,都用来怀念中国。"

## 二　中国西南　上世纪三十年代

一架双翼的螺旋桨飞机在盘旋。

机翼下，是云南和四川交界处的高原景色。参差的雪山，起伏的高原，蜿蜒的江流，稀疏的村落。两个外国人都紧贴着窗户向外眺望。一个人膝盖上放着一本英文书《消失的地平线》。

他大叫："太美了！"

洛克从窗外收回目光："我是国家地理学会探险队队长，洛克博士，约瑟夫·F.洛克。"

"我是《太阳报》专栏作家，埃德加·迈克！"

"我读过你的文章，"洛克脸上露出戒备的神情，"你到这里来干什么？"

迈克扬起手中的书："读过这本畅销书吗？作者说这下面的群山之中，藏着一个神秘的和平胜境香格里拉。"

洛克脸上露出不屑的神情："希尔顿？《消失的地平线》？你就把这本三流的罗曼蒂克小说当作探险指

南？告诉你吧，我在下面这片土地上四处探险、采集植物已经八年了！"他指指下面的群山，"除了贫穷、愚昧和贪婪，我可没见到过那本书中描绘过的那些虚幻景象！"

飞机上还有一对传教士夫妇，他们在座位上一动不动，一眼也没有朝窗外看。

那位传教士开口了："先生们，我在这片土地上传播上帝的福音快二十年了，相信我，我看到的只有未开化的异教徒，没有什么香格里拉。"

洛克转身面对传教士，手指着他旁边身穿西装的干练的中国人："这里就有一位待你开化的异教徒。是我把他从一个不开化的部族人，训练成了一个遵守纪律懂得礼仪的文明人。我的侍卫队长，丽江的纳西人和才。"

和才脱下头顶上的礼帽，向大家垂了垂首。

迈克热情地向和才伸出手。

和才袖起了双手。

洛克满意地笑了，他对迈克说："在这个混乱世界，需要的不是平等，而是秩序！"

和才面无表情。

一个飞行员从驾驶舱走出来:"先生们,丽江上空有强烈的雷暴,无法降落,我们必须返航了。"

## 三　云南省城　昆明

洛克带着和才穿过街道走向美国领事馆。

城市的面貌破败陈旧，穿着相同服装的两支国军部队隔街对峙，剑拔弩张。

领事馆是一个陈旧的院落，只是大门涂了鲜明的新漆，屋内的陈设带着现代气息：亮晶晶的吊灯，墙上的油画，讲究的书橱，西式风格的家具陈设。

洛克和领事隔桌而坐。

面前是杯中将尽的咖啡。

领事问洛克："您怎么又回来了？还是为了这片混乱土地上那些美丽的植物？"

洛克："那些植物种子已经进入了农业部的种子库，还有一些植物已经在我们大学植物园里生根开花。我当然会继续采集植物，但这次的主要目的，是为《国家地理》杂志探访那些外国人从未进入过的地区。我要去那些我们只听说过名字的遗世独立的地方！我还要看看，那里是不是真有一个神秘的世外桃源香格里拉。"

"香格里拉?"领事起身,从书橱中抽出一本英文书,希尔顿的《消失的地平线》。相对桌上另外两本精装烫金的书相比,这本简装书的装帧简直可以说得上是寒碜。"你也相信一本三流小说的蛊惑?"

洛克脸上露出嘲讽的笑容:"在华盛顿,一个参议员对我说,他愿意相信那样的世界可能真的存在。"

这时,室外突然枪声大作。两支对峙的中国军队在这座城市的内战打响了。

领事马上钻进坚实的桌子底下,和洛克一起躺在了地毯上。窗外枪声震天,有几颗流弹射穿窗户打在墙上。一颗子弹射中了油画中心那个穿着军装的领袖人物。

领事说:"您要在这个混乱的国家寻找香格里拉?"

洛克说:"混乱,也许在另一个世界,就是一种天然的和谐秩序。那就是真正的香格里拉。比如说木里。"

"木里?"领事说,"这个名字怎么拼写?您真要去那里?那里真是一个黄金之地?一个虔信之地?我该怎么介绍您的身份?博士?植物学家?探险家?美国国家地理学会考察队队长?"

"领事先生,您得这样写,"洛克拿起笔,用歪歪斜斜的中文写下,"美国农业部特派钦差,国家地理学会考察队队长,洛克博士。"

桌子下面,领事趴在地上写好了证明文书,这时枪声慢慢响到了远处。两人又坐在了桌子前。领事在文书上签上字:"这些文书对有效的政府有效,但是现在……"

洛克耸耸肩:"无论如何,这些文书还是——用中国人的话说——还是有效的护身符。"

领事:"我想向你介绍一个人。"

那个人应声从里屋出来。是飞机上那个初出茅庐的专栏作家迈克。

领事说:"他要去的地方,我算了算,起码有七八天时间和您的路线重合。他孤身一人,我知道您有能力保证他的安全。"

"接下来呢?"

领事耸耸肩:"我能尽的责任就这么多了。"

洛克看了看迈克,也没有打招呼,而对领事说:"冲动无知的美国人,那么,我后天出发。"

洛克走出领事馆,战事已经转移到这个城市别的地方。

街道上空无一人,除了几具士兵的尸体。看着眼前的情景,洛克无动于衷,他细心地把文书揣进西服口袋,迈过一具士兵的尸体时,他嘀咕了一句:"中国,中华民国。"

## 四　云南省　昆明通往丽江的群山中

洛克骑在马上，腰板挺直。皮夹克，棕色的软皮靴。年轻的迈克徒步跟随。

几十匹骡马组成的驮队。健壮的骡子驮运装备，马供人骑乘。马夫们荷枪实弹。此外，还有洛克个人专属的十二个纳西人组成的全副武装的私人卫队，他们身穿中山装，鸭舌帽，服装整齐，人手一支美式卡宾枪，气势不凡。

队伍出了山谷，前面出现了一座小小的县城。

比之于省城，这里显得更加凋敝破败，死气沉沉。

队伍在俯瞰县城的小高地扎下营地。

洛克带着和才以及另外两个卫士进入县城。

洛克换上了三件套的西服，皮鞋锃亮。

身后，三个纳西卫士戴着美式的圆顶礼帽，穿着民国时期流行于中国内地的中山装。他们身上缠着子弹带，斜背着一支卡宾枪，腰上还插着一支短枪。

一个侍卫手里举着一面三角形的古代军中的那种令旗，这是洛克自己的发明。旗子中央是一个"令"字，竖行写着"美国农业部特派钦差，美国国家地理学会探险队队长"，字太多，几乎把旗面占满。洛克威风凛凛带着几个侍卫穿过死气沉沉的街道直赴县衙。

县衙在一座破败的院落中。只是门口挂着的一块有国民党党徽的县政府的牌子是新的。

喜欢摆谱的洛克让自己的两个卫士和县衙门口的保安队士兵站在一起。这两个卫士的装备和精神头都让两个保安队士兵相形见绌。人群开始聚集，围观。这都是偏僻之地常见的情形。这时，穿着中山装的县长迎到了门中："久闻洛克先生大名，有失远迎，有失远迎，请。"

洛克摇手说："长途跋涉，我和手下都很累了。就在这里说话吧。明天，我去永宁，我作为美利坚合众国的钦差，"他把那面三角形的令旗展开在县长面前，"由于贵县地面盗匪众多，你有责任保证我考察队的安全，请你派一支三十人的队伍将我护送到永宁土司地面。"

县长一脸苦相："我的保安队缺饷，他们抗命……"

洛克一挥手，打断了县长的话："记住，明天早上七点，是我的出发时间。"

　　他走下台阶，一边走，一边卷起令旗，插在一个侍卫腰间。和才等几名卫士跟上他，扬长而去。

## 五　县城旁野外营地

早上，大青树上正在坠下点点露水。

卫士和驮队的马夫们在拆卸帐篷，一些人正在装载驮子，一队保安队士兵出现了。他们把老旧的步枪挂在地上，哈欠连连。倒是洛克的私人卫队显得干练利落，精神振作。对此情形，洛克脸上显出满足而又轻蔑的表情。

迈克对洛克说："昨天那位县长不是什么都没答应吗？"

洛克得意之情溢于言表："你要学会怎样做一个美国人，怎样在这片土地上为人处世。"

迈克："我觉得应该充分尊重他们。"

洛克拉下了脸："我同意让你随行，是因为我可以提供你需要的保护，不让你在这段路上陈尸荒野，而不是听你发表意见。"

## 六　山间道上

驮铃叮当。

几十匹骡马的队伍在松树和栎树混交的、四处裸露着青灰色岩石的山野间穿行。

保安队士兵在前头搜索前进。

洛克的私人卫队长和才指挥手下的侍卫们警卫驮队。

在一个隘口，一座被烧毁的没顶的石头房子中埋伏着几个土匪。

当他们看到逐渐接近的驮队有那么多人持枪时，便起身跑进了树林。

洛克看了眼迈克，下令侍卫对着他们的背影射击。

洛克端着打开枪机的手枪，冲进那座烧毁的石屋，墙角躺着一个土匪。洛克冲上去，把枪口对准他的脑门。这个人并不躲闪。洛克这才看见他受了伤，大腿上洇出的大团血迹已经干涸。他抬脸看着洛克，示意他开枪。洛克开枪了。但他是抬起枪口对空开的。侍卫们听到枪声都奔跑过来。

和才察看那个人的伤势:"死不了。"

洛克转身:"你们替他包扎一下,留些药,他就自求多福吧!"

迈克说:"天哪,你打伤了他!"

"他是一个土匪。"

迈克看着那个身体瘦弱、破衣烂衫的人:"他是土匪?!"

洛克脸上露出不屑的神情,他蹲下身子,用枪口挑开掩在伤口上的破布,下面有蛆虫拱动:"我注意到你是个有同情心的人,看清楚了,这是老伤。你说得对,这人就是个破产的农民,活不下去了才上山为匪。没抢到别人,倒被别人打伤。一个不合格的土匪。"

两个侍卫替那个人处理伤口。他们用匕首挑开血痂,挑出蛆虫,那个可怜人都忍受着,直到他们往伤口上倒上酒精,才发出了一声凄厉的惨叫。他们再往他的伤口上撒硫黄粉时,这个人晕过去了。直到他们替他包扎好伤口,离开,这个人还没有醒来。

驮队又上路了。

迈克快步跟上骑在马上的洛克："应该带上他，不该把他扔在这荒野里。"

洛克脸上现出一丝讥讽的笑容，说："同意，你去吧。你把他带回你在美国的家吧。"

然后，他一抽马鞭，纵马跑到队伍前面去了。

在一个险峻的山谷中，他们还遇到了一些衣不蔽体的手拿着原始弓弩的人。他们没有躲开，只是当洛克手下人马靠近时，动作灵敏地跳到路边的石头上，甚至是大树上。他们的眼神好奇而又惊恐。洛克举手让侍卫们放下枪："他们只是一些傈僳猎人。"

夕阳西下时分，他们准备在一块山间草地上宿营。

马夫们忙着从骡背上卸载驮子，厨师用石头垒灶。侍卫们簇拥着洛克在草地上四散开来。

洛克指点着他们采集植物标本。

洛克用靴子轻轻碰碰一株马先蒿。一个侍卫马上伏下身子，把刀插进泥土，一撬，整个植株就完整地起出来。另一个侍卫马上接手，清理干净根上的泥土，打开一个标本夹，把植物平平整整夹进吸水的纸中，压平，包扎起来。

和才扛着照相机的笨重的三脚架，跟在洛克后面。洛克停下脚步。和才马上架好三脚架。洛克装上相机,把镜头对准了森林背后闪烁着金属光芒的银灰色的岩石山峰。

他从镜头中看见了人。

一些人影出现在山梁上。镜头中,这些人身形高大,身披着黑色的羊毛大氅,头上包裹着圆盘状的头巾,头巾前方竖起一个牛角状的饰物。洛克回头对迈克说:"诺苏人,他们的男人都是武士。"

他再转眼看镜头时,那些人已经消失了。

然后,夜色从下往上,弥漫了山谷。

洛克一个人在灯下,在打开的折叠桌上准备晚餐。他正在享用一杯红酒。

迈克来了。

洛克对厨师说:"给迈克先生也倒上一杯。"

"谢谢,我已经和你的马夫们一起喝过中国烧酒了。"

洛克端起迈克面前那杯酒,一饮而尽。

迈克说:"我以为一个探险家一定会和他的伙伴们同甘共苦。想不到您在这里玩的是庄园主对奴隶那套东西。"

洛克倾过身子,对迈克说:"我花钱雇用他们,训练他们，他们都很尊敬我。马夫、侍卫、厨师，无一例外。我在一个没有秩序的世界恢复秩序。"

"在您的小天地里。"

"他们的责任就是帮助我完成我的任务。我也是一个雇员，美国政府，以及国家地理学会。"

迈克说："十二个侍卫，你是在扮演上帝之子吗？"

洛克说："告诉我，你是一个布尔什维克吗？那你可以从十二个人中找出那个会背叛我的人吗？"

迈克："我不是布尔什维克，但我赞赏他们对穷人，对落后民族的态度。"

洛克开始切割厨师端上来的牛排，他说："谢天谢地，明天，你就不再跟我同路了，不然，我得担心你会在我花重金雇用的队伍里煽动一场小型革命。"

他又转脸对厨师说："扎西，你会听这个人的话，跟这个人一起反抗我吗？"

厨师面无表情："洛克博士，我是您的下人，您付了我工钱。"

洛克放下酒杯，对迈克伸出手："那么，现在就道个别吧，明天早上我就不送你了。"

迈克没有和他握手，转身走出了帐篷。

洛克说："我有一个建议。明天你就一个人了，警惕，警惕，在这条危机四伏的路上，不要让廉价的同情心害了自己。"

## 七　一道山梁

队伍在络绎行进，正渐渐接近一道山梁。

四近的树林中，有些不明来路的人的身影时隐时现。和才命令侍卫朝着林中开枪，一阵枪声响过，那些不明来路的人消失得无影无踪。

停下来的队伍又上路了，沿着斜升的山路攀上了山梁。

美丽的永宁坝和坝子上的泸沽湖出现在眼前。一片宁静宽广美不胜收的景色。洛克立在山梁上，俯瞰着美丽景色，面露激动之情。他吩咐和才："派两个人带着礼品先下山去，告诉阿云山总管他的老朋友、洛克博士回来了。"

和才带着人拆开驮子，把一支步枪、两大包茶叶和几匹绸缎重新打包，放在骡子背上，两个纳西卫士赶着骡子下山去了。洛克召来保安队长："我已经在老朋友的地盘上，你们可以回去跟县长老爷复命了。"

保安队长一碰脚跟，敬礼："是！"放下手，却一动不动站在他面前。

洛克又叫："和才！"

和才拿着一摞银圆应声而至，洛克把这些银圆抛在保安队长脚前。士兵们捡起这些钱，背着枪高高兴兴地离去了。

洛克带着人在山上扎营。卫士们替他支起考究的帐篷。马夫们从骡子背上卸下一只只驮子，垒成一道矮墙。洛克表情严厉，监督着马夫们给驮子蒙上防雨的苦布，这才支起三脚架，把相机对准夕阳下美如梦幻的永宁坝子和泸沽湖。湖的对岸，耸立着更高的群山。入夜了，洛克坐在帐篷中书写日记。在外面，他的随从们燃起一堆篝火，背靠着这堵矮墙在露天下入睡了。

洛克在灯下书写日记："上帝！我要向您请求一个恩典，让我每天给您写信。虽然我好多年不去教堂了。但在这荒野之中，在我心上，您就是无所不在的力量。我的旅程是如此孤独，我需要向您倾诉。今天，我又采集到一种新的杜鹃，一种新的高山栎的标本。在这样的环境中，有这样的收获，我应该心情愉快才是。此时此刻，在满天灿烂明亮的星斗下面，我的心情的确平静而又喜悦。但我心里依然潜伏着恐惧与忧伤。亲爱的上帝，在这四处暗伏着危险的路上，在这群愚昧怠惰的人中间，我不得不高高在上，不得不虚张声势，亲爱的上帝，他们还未曾蒙受您的恩典，以至于，我不得不……"写到这里，他起身，披上一件漂亮气派的羊皮大氅，走出了帐篷，当他看到那些东倒西歪入睡的随从，平静沉思的面容瞬间就被一种暴怒的表情取代了，他从腰间的枪套里抽出手枪，对空开了一枪。侍卫和马夫们从地上惊跳起来。洛克脸上的神情显示他对眼前这情景感到满意，他走到他们面前，用枪指点着一张又一张惊惶的脸。"全部，全部都在睡觉！"他脸上暴怒的神情又出现了，"全部都睡得像猪！土匪来了怎么办？为什么不放哨！"

和才显得满不在乎："我们已经在您朋友阿云山总管的地盘上了。"

"你们没见过阿云山总管被土匪追得屁滚尿流的时候吗？还不快去！"

两个纳西侍卫操起枪，离开营地，一个人伏在了一块岩石后面，另一个人爬到了一棵视野广阔的松树上。他们的动作，以及位置的选取都说明这些人在他手下，已经训练有素了。洛克回到帐篷，睡下，熄了灯，说："上帝，这是美好的一天。"

## 八　泸沽湖边　永宁坝子

永宁，山间平野如畴。

视野中首先出现的是一座规模不大的藏传佛教寺院。二三十座土木结构的房屋，夹峙出一条弯曲短促的街道。晴空下，风吹过，卷起了路上的尘土。尘土散尽，洛克的队伍出现在道路上。一个侍卫背上斜插着洛克自制的令旗。寺院里响起筒号声。身材高大穿着长衫的阿云山总管带着几十个人在街口迎接。

洛克从马背上下来，和阿云山握手时，猛然响起了鞭炮声。

两个人都吃了一惊，但都迅即掩饰住这片刻的惊慌，发出了爽朗的笑声。

## 九　永宁土司府

阿府的宴会。

酒过三巡,阿云山问他:"您真要去木里?"

"真要去。"

"为了什么?植物?黄金?雪山?"

"植物,是的。雪山,是的。听说那里的雪山比西藏的埃瑞斯峰还高,我要成为发现最高雪山的人。我的朋友,最重要的是,那里从来没有外国人去过。我要成为第一个到达那隐秘之地的外国人。"

阿云山总管摇头。

这时,远处响起了枪声。

下人进来报告:"贡嘎岭的强盗下山来了。"

阿云山总管并不慌乱,他看着洛克:"看来我们只好换个地方喝酒了。走,上岛!"

## 十　泸沽湖上

枪声密集。

却不能扰动泸沽湖上的月影波光。

十数条小木船载着人们离开湖岸向着岛上进发。

整个湖区都动荡起来,从各个岸边的村庄,惊慌的村民们扶老携幼向着湖边奔跑。很多独木舟从不同的方向划向湖中不同的岛屿。独木舟上,载着人,甚至还有猪和羊。

岸上,此起彼伏的枪声在回荡。独木舟靠上岛屿时,身后的村子,几座民房腾起了燃烧的火光。那些骑着快马的土匪追到岸边,面对驶向岛中的船队无可奈何。

## 十一 湖心岛

晨光照亮了平静的湖面和安静的小岛。湖岸上被土匪袭击过的村庄也平静下来,一派安谧宁静的景象。太阳升起来,湖面上波光闪闪。折腾了一夜的人们还都在屋里沉睡。洛克的侍卫和永宁土司府的家丁也倚着大树和岩石在和煦的阳光下睡着了。

洛克一个人走到岛上的亭子,坐在那里翻阅那本简装本的英文小说《消失的地平线》。

厨子给他送了一壶咖啡,洛克好兴致,他轻敲着书本对厨子说:"一本庸俗的书。"

脸孔黝黑的厨子说:"我不识字,我不会看书。"

洛克兴致不减:"你听说过有个地方叫香格里拉吗?"

厨子摇头。

洛克把这本书扔在一边,拿出他看过很多次的小说《大卫·科波菲尔》。

洛克说:"这个作家写过这样的话,这是一个最好的时代,这也是一个最坏的时代。我觉得这话是对我说的。你们的坏时代,是我的好时代。不是我造成的这个时代,我只是遇到了这个时代。造成这个时代的人是有罪过的……"

厨师面无表情,躬身说:"是,洛克老爷。"

洛克:"说过多少遍了,请叫我洛克博士,我不是你们破败衙门里的老爷,也不是野蛮部族的土司,我是植物学家,我是美国国家地理学会会员,我是探险家!我是洛克博士!你们中国话怎么说的——榆木脑袋!"

"那是汉族人的说法,我们西番人的话里不这么说。洛克老爷。"

"我还没有学习你们西番族的语言,所以,我对你的语言怎么形容笨蛋没有兴趣。"

"是,老爷。"

洛克仰首向天:"上帝呀!"但看得出他并不真正生气,反倒是这样固执的恭敬让他感到舒坦。看似木讷的厨子其实也心照不宣,他给洛克倒上一杯热腾腾的咖啡,转身离开时,脸上现出了开心的笑容。

阿云山也来到了凉亭中。

洛克说:"我在给'木里王'写信,希望他邀请我前往

27

他的领地。我要成为第一个进入他领地的外国人,被写进历史。我要告诉他,他也会因为是第一个接待外国访问者的木里土司,同样也被写进历史。"

阿云山坐下来:"您称他木里王,官府会不高兴。他是土司,中华民国四川省政府管辖的木里土司。就像我们是云南省政府管辖的永宁土司。"

洛克这回是真不高兴了,他面无表情:"您不是永宁土司,您是永宁土司的总管。只不过因为土司年幼懦弱,让您这个总管看起来像个土司。"

阿云山并不接他的话:"您知道,我们对官府总是非常小心。"

洛克的轻蔑之情溢于言表:"你们的官府不想让我来永宁。可是我来了。"

阿云山说:"我这里也写了一封致官府的信。是致胡军长的信,请您帮我看看。"

"胡军长?他不是刚在昆明被打败了吗?"

"他写信来,说要带着队伍转移去四川。他要从我们永宁经过。他说他有一万人的队伍。我告诉他……"

洛克不耐烦了,从他手里拿过信来,念道:"胡军长大人，小的是……哼，小的，小的，不要尊严！小的所领永宁地面，地方高寒，地瘠民贫，出产无多，缺衣少食……"洛克摇晃着信纸，"他就是路过这里嘛，值得这样？"

"一万多人马，要吃多少粮食，多少牛羊，佛祖啊，永宁坝要遭殃了，队伍没到，就命令我准备粮草，还要三万块现大洋！还有，要是他赖在这里不走了怎么办？！"

阿云山："请您写封信给胡军长，告诉他永宁地方确实无力供养这么大的一支军队。"

洛克毫不犹豫地拒绝了："我不能干预你们国家的内政，我只是一个客观的观察者。"但他还是安慰阿云山："我的朋友，你不要担心，胡军长在昆明就被打得溃不成军，这是我亲眼所见。就算他能来到这里，哪还有一万多人。散兵游勇罢了。"

阿云山一脸失望："我以为您是我的朋友。朋友之间总是互相帮助。"

洛克没有说话，只是轻轻摇了摇头。

而湖水，以及湖水四周的田野一派平和美丽的景象。远山耸峙，深蓝如海。

洛克招招手，侍卫队长和才就出现在眼前，他把封好的信交到他手上："找人把这封信送往山里，送到木里王的地盘！"

## 十二 永宁坝子

贡嘎岭强盗在永宁坝子上劫掠一番，又回山里去了。

洛克看到有村庄被烧了房屋，还有一个人横尸路上。那些劫后的人却是麻木的，逆来顺受的。他们一脸漠然，埋葬死者，重新修建简陋的房屋；他们扛着工具下到地里料理庄稼：玉米、洋芋和青稞。洛克骑着马在他卫队的保护下在这片土地上巡行。见到他出现，劳作的人们都停下手中的活，对他恭顺地弯下腰。在他们身后，是一群面孔脏污衣不蔽体沉默张望的孩子。

洛克下马，从地里抓一把泥巴在手里，那些黑色的土壤疏松又湿润。湖边的小平原上，小河蜿蜒，如果开辟出灌溉的沟渠，这些土地会变成水旱从人的良田。

洛克把手里那把沃土展开在阿云山面前："这么好的土地，需要的只是更好的灌溉，种植更高产的粮食品种，要是这样，这些地方很快就能富裕起来。朋友，我可以帮助您从美国弄来高产的种子，您知道我是美国农业部……"

阿云山听了并不高兴,他打断洛克的话:"富裕起来?现在都有这么多人打我们的主意,土匪刚走,胡军长的队伍又要来了。洛克先生,要是真正富裕起来,这个地方就不是我们的了。"

洛克总是把自己打扮成一副毫无同情心的模样,这多半是出于他的天性,也是一种避免麻烦的策略。但这句话把他震住了。他的脸上出现了怜悯的表情。

洛克发现,这些土匪劫掠还是有些分寸的,比如阿云山的总管府和寺庙就没有受到丝毫损害。

洛克问阿云山总管:"这是什么道理?"

"要是一次就抢光了,把我们赶尽杀绝,下次他们来抢什么呢?"阿云山总管脸上出现了自得的表情,"说不定哪天他们还得跟我们来往,大家都不能把事情做得太绝了。就像我们不会把湖里的鱼全部打绝一样。"

## 十三　永宁土司府　夜

一只夜枭在窗外的松树上鸣叫。

土司府楼上，洛克在灯下书写日记："我亲爱的上帝，我第一次见证了这样令人震惊的事实，有这么大一群人为了如此艰难苟且的生存而放弃更好的生活。上帝，在这异国的土地上，我不能随便流露真实的情感，不能像您一样显示无边的慈爱，但我得说，比起那些苦难的真实场景，这种宿命般的选择引起了我深刻的同情。上帝，我害怕自己这种情绪，担心这种情绪会影响到我伟大的事业。我在帮助美国，帮助西方世界发现一个不一样的中国。上帝，这个国家的新领袖蒋介石总统和他美丽的夫人是基督徒，但我怀疑，难道是您容许在您创造的世界里有这样罪恶的存在？"

写到此时，他突然趴在桌上，嘴里发出了痛苦的呻吟。

他痛苦地倒在床上，剧烈的疼痛使他难以入眠。

他索性从床上起来，带着怒气在屋子里踱步。

听见动静的侍卫长和才闻声进来,打开药箱,让他服下药片。和才扶着他在床上躺下,脱去他的靴子,解开他的衣服。虚弱不堪的他此时显得无助而顺从。他说:"我想回家。我想回到美国。"

和才说:"博士,你在美国也是孤身一人。你姐姐和侄儿都在奥地利。"

窗外的夜枭还在鸣叫。并不明亮的灯光下,那声音显得十分阴森。洛克从枕头下掏出手枪,命令和才:"叫那怪鸟闭嘴!"

和才拿过手枪,掖入腰间。

洛克虚弱地说:"你这个人,外表恭顺,却总是自作主张。你这个人最坏了。"

和才俯身替他掖好被子:"药起效了,您没有那么疼了。闭上眼睛,睡吧。也许您会梦见自己坐在回美国的飞机上。想想海上那些漂亮的云彩。"

洛克闭上眼睛,表情像个听话的孩子,但他还是坚持:"去赶走那只怪鸟。"

"您是科学家,不该害怕一只夜枭。"

早晨,洛克脸色灰暗,面对着早餐毫无食欲。

阿云山问他是不是生病了。

他说了一句阿云山总管不太明白的话："朋友，我想是上帝让我分担您的痛苦。"

## 十四　土司府前

　　太阳升起的时候，洛克吩咐人在总管府门口架好了他的相机。

　　他把平常总在拍摄植物和地理的镜头对准这里的人们。抱着幼儿的总管，总管家的女眷，寺院里的喇嘛。总管的小儿子不到十岁，穿着僧装，他已经被认定为寺院的活佛，等长到十八岁就会执掌这一地区的教权。但现在，他被人扶上高高的法座，用惊恐的眼神盯着镜头。那些围观的贫苦的百姓也进入了他的镜头。

　　镜头转向了一个乡村巫师，一个东巴。这个巫师郑重其事，用做法事时的装束把自己披挂停当。然后，手持法器和描画着许多象形符号的经书出现在他的镜头前面。洛克不禁说："这是我在这片土地上遇到的有职业自豪感的第一人。"

　　真正的永宁土司，阿云山总管的侄儿，怎么也不肯下楼，他只在楼上的窗户后露出大半张瘦削的脸，然后就再也没有出现。

这项工作使得洛克忘记了病痛，人也变得兴致勃勃。

照相完毕，他特意向这位东巴询问那些象形符号是什么东西。

东巴听不懂他讲的汉语和英语。

洛克高叫："和才！"

其实和才就在他身边："我在。"

"问他这些图案是什么意思？"

东巴郑重其事："不是图画，是我们的文字，东巴文字。"

"文字？！"

"我们的经文，写的是祖先的故事和神的教言。"

洛克伸出手去，手快碰到经卷时又停住了，他怕触犯到某种禁忌；那个东巴点燃了一袋烟，笑着向他点头。

洛克的手伸向那些图案般的文字，一个个抚摸。

他摸到一个字，东巴嘴里吐出一个音节。

和才替他翻译："鸟。"

"女人。"

"大河。"

洛克脸上露出痴迷的表情。东巴口里喷吐着烟雾,把作法的鼓交到他手上。

这时,远处传来快马奔驰的蹄声。洛克吩咐卫队:"拿枪,这回不能让这些土匪猖狂了!"

阿云山平静地说:"不是土匪,是信使。"

蹄声慢下来,传来马脖子上铃铛的声响。一僧一俗两个人出现在视线里。两个人走到跟前,看一眼洛克,但并不同他说话。他们下马向阿云山微微施礼:"给那个洋人的信。"

说完,两人便翻身上马,疾驰而去。

## 十五　泸沽湖边

洛克带着卫队跟踪而去，追到湖边山前。

一个全副武装的马队从森林里疾驰而出，拦住了前路。他们的步枪上都装着用羚羊角做成的支架。马背上的人尖声呼啸着，围着洛克和他的几个卫兵疾驰几圈，又呼啸着消失在山嘴那边。洛克吐出口中的尘土："这可不能算是友好的表示。"

和才说："木里的西番。"

洛克："有一种传说，过了木里就是香格里拉。"

和才："香格里拉？没听说过，我只听说过了木里就是乡城，就是贡嘎岭。"

"贡嘎岭，那些土匪就是从那里来的？"

## 十六　永宁土司府

晚上，阿云山和庙里喇嘛围在灯下。

喇嘛把藏文信件读出来，懂得藏语的厨师再把信件内容转述给洛克。

"洋大人先生：我们木里本是佛爷佑护的吉祥宁谧之地，但这些年来，邪魔作怪，那些贪图财富的人为开采黄金，扰动了地下的龙脉，天灾人祸频仍，四邻盗匪横行，地方很不太平。我们没有福气承受洋大人的垂顾，也没有福气成为您的朋友。等到我的领地被祥和的佛光普照时，一定邀请您前来做客。而现在实在没有什么理由值得您大驾光临。如果您贸然前来，我能保证不让我那些不驯服的臣民，因为深深的疑惧，加害于您，但我不能保证我野蛮的贡嘎岭凶悍的邻居，危害您的财物与生命。感谢您的厚礼，随信奉上压信哈达一条、佛像一尊。"

洛克显得很愤怒，他涨红了脸，手伸向空中，喊叫着："我尊称他为王，他却把我当成打他黄金主意的强盗和官府了！"

阿云山颇为幽默地说："洋大人说话再大声，他在那么远的山里也听不见。"

这回，洛克真有点儿气急败坏，而不是虚张声势，带有表演性质的愤怒："拿纸来，我要写信，我要给那个愚蠢的山大王写信！"

和才动作娴熟地铺开信纸，打开墨水瓶，旋开钢笔盖子，洛克在桌子前坐下来，深吸一口气："尊敬的木里王，我前去您的领地，只是为了考察贡嘎岭的日松贡布雪山，我相信，那是世界的最高峰。此前我去过青海的阿尼玛卿雪山，原本我以为那是世界的最高峰，但它不是。顺便说一句，在我所来的那个国家，一些从来没有飞越过太平洋、没有攀爬过中国西部崇山峻岭的人，他们竟然攻击我，说那是我过度膨胀的野心所致。我请求您允许我去到您的领地，相信我只是为了去接近、去看见那些神圣的雪山。您不必担心领地下埋藏的黄金，您听说过美国的一个地方吗？那个叫圣弗朗西斯科的地方，中国的汉人把它叫作金山。"

写信过程中，洛克的念念有词变成了旁白。

## 十七　湖畔山前

和才用火漆把信封好，送往湖对岸的山前。

洛克和阿云山骑着马跟在侍卫队后面。

背着叉子枪，衣襟镶着宽大豹皮边的武装马队从森林里出现了。

他们从纳西侍卫手中接过信件，然后，齐齐打量洛克这个黄头发蓝眼睛的洋人，眼光中有好奇，也有敌意。

其中一个人突然催马冲到了洛克面前。

侍卫们大惊，洛克扬手示意他们不动。

那个背着枪、头上盘着粗大辫子的汉子勒马打量洛克一阵，他张开金牙闪闪发光的嘴，回头对伙伴们笑笑，还对洛克身边的阿云山总管弯弯腰，勒转马头回到自己的队伍中，那些人也齐齐勒转马头。

转瞬之间，他们就消失在山道上。

山谷中，他们尖啸的声音久久回荡。

## 十八　木里土司府

身躯高大臃肿的木里土司一身喇嘛装束，坐在一间宽大的房屋的一角，背后，是黝黑但能感到其坚实厚重质感的墙壁，几座佛像在昏暗的光线中闪烁着隐约的金属光泽。

灯光昏暗不明，只照耀出木里土司坐着的那一角。

木里土司拢拢披在身上的锦缎面皮袍，凑到灯下翻看信件。然后把信交给同样身穿僧装的管家。

管家替他读信："有几万中国人跑到我们美国金山这个地方淘金，所以，我对您领地上的金子没有兴趣。我不是贡嘎岭的强盗，也不是来开金厂的汉官。压信礼物是三个美国金币。美国农业部特派钦差，美国地理学会考察队队长，约瑟夫·洛克博士。"

木里土司喃喃地说："金币？金币？"

管家一抖信封，闪闪发光的金币从信封里掉出来，落在喇嘛的袍摆上，其中一颗，辘辘地掉在地板上滚到灯光外面的黑暗中去了。有人从佛像前端起一盏灯，灯光移到远处,然后是一个人的声音:"我抓住它了!"

木里土司表情严肃:"把它带过来!"

灯光下,三枚金币一字排开。紧盯着这些金币,木里土司问:"你们听说过美国有个地方叫金山吗?"

大伙齐齐摇头。

木里土司冷笑:"你们不都是见多识广的人吗?"

沉默。

一个人说:"这事情应该让扎西首领知道,那么多金子的地方,他肯定会带着贡嘎岭的武士们走上一趟!"

人们低低地笑起来:"也是,免得他老把眼光盯在我们的地盘上!"

木里土司:"你们这些愚蠢的人,扎西的武士最远就去过永宁和丽江,他们连昆明和成都都没去过!你们不知道吗,要先到昆明然后才能去到美国!"

## 十九　木里土司卧室

灯灭了，榻上的木里土司没有睡着。

月光照耀着迷茫的山野，月光也透过狭小的窗户射到榻前，木里土司从枕下拿出一枚金币，细细端详。

## 二十　女神山上

像头卧狮的格姆女神山顶，洛克打着绑腿，头戴船形的硬壳帽子，一边用手巾擦拭汗水，一边极目眺望。整个泸沽湖尽收眼底。曲折的湖岸，湖上的小船。一个个湖心岛安谧翠绿。然后是田野和耸立的远山。湖的另一边，是四川省地界。草海碧绿，湖水从那里的出口通往北面幽深的峡谷。

下山的路口，心事重重的阿云山在等他。

洛克说："朋友，您从来没有给我说起，这个湖还有更加漂亮的另一边。"

阿云山坐在一株树冠巨大的核桃树下，把手中的信交给他："那个胡军长正被龙军长的军队赶着往这边逃跑，他又写信来，要我备粮备款。"

洛克抬手把那封信推了回去："我是美国人，不能干涉你们中国的内政。"

阿云山："我只是请求您给胡军长写封信，告诉他永宁是一个贫苦地方，这里没有那么多粮食，更拿不出那么多现大洋！您只需要证明一下，您是美国人，那些将军和大官都相信美国人的话。"

洛克不耐烦地挥挥手："那您就当没有我这个美国人在这里！"

阿云山悲伤地说："我老了，活不了太长时间了。只是可怜我这些百姓了。有时我真想，带着一家人躲在岛上，就当什么都没有看见。"

"听起来很伤感，但这真是一个办法。在你们蒋委员长的中国，哭穷叫苦是没有人听的，这是我见过的最缺少同情心的国家。挡不住的，军队总有一天会来的。"

阿云山长叹一声："其实我也晓得这样的日子越来越近了。"

洛克："您还没有告诉我湖的另一边是什么情况。"

阿云山："我们和那里的部族是同一个祖先，那里几百年前也是永宁的地盘。后来，划给四川。现在是属于四川省管辖的左所土司了。"

"我得到那里去看看。"

阿云山面露为难之色。

洛克拍拍他的肩膀："我知道你们这些土司间的恩怨故事，不麻烦您了，我自己去。有我待在这里，我保证不会让那个胡军长危及您和家人的安全。"

## 二十一　左所土司府

左所土司府这一天热闹非凡。

洛克一行到了门口，派一个侍卫送进去那面令旗。

土司府立即大门敞开，他们一行被请进了摆着酒席的院子。

左所土司四十多岁，穿着汉式长衫，身上披挂着结成大红花的绸带：土司府正在举行婚礼。他新婚的妻子是一个稚气未脱的汉族姑娘。

洛克被请到上席。喜气洋洋的土司亲自过来陪同。

土司得意地告诉洛克："我去省府拜见刘军长，他让我去参观中学。他们派这位肖同学给我献花……"

洛克问新娘："您多大了？"

新娘低头，不说话。

土司笑逐颜开："十六岁了。别看她现在不说话，在学校里，她爱说话，爱笑，会弹琴，会做体操！跟我们这里的野姑娘完全不一样。"

洛克语带同情："她太小了。"

土司说："我知道您是阿云山的朋友，他有没有告诉您，我们这里的姑娘，这个年纪，就该把她送进花房，等待情郎夜里的访问了。"

土司坐下来陪着洛克喝酒。

洛克说："我注意到这里的方言里没有父亲这个词。"

土司告诉他："是老百姓没有。他们是一个族；我们这些土司是另一个族。我们是蒙古大军南征时留下来统领他们的。他们走婚，男人不养自己的孩子，留在家里帮助姐姐妹妹养别人的孩子。我们土司是要结婚的，不然高贵的血统怎么延续？"

洛克挑选着词语："这真是太、太神奇了。"

宴席散后，洛克被请到楼上。他和土司坐在回廊上交谈，院子中，那些穿着长裙的女人手牵着手在曼声歌唱，既有年轻姑娘，也有一些不太年轻的中年妇女。男人们在围观。这个过程中，有女人悄然离开，随即也有男子尾随着离开。有胆大的女人向着楼上的外国人张望，眼光好奇而灼热。

土司说："您也要学会用您的眼光，回应那些姑娘，也许今天晚上，您就会被一个姑娘带去她的花房，接受最好的款待了。当然，如果您对哪一位姑娘有兴趣，我也可以命令她与您共度良宵。看得出来，您很久没有碰过女人了。"

洛克脸上露出愤怒的表情。

土司笑了："我从您的样子看得出来。一个男人有没有女人，可以看得出来。"土司还模仿了一下洛克过于严肃的带点恼怒的表情，"就像这样。"

## 二十二　洛克卧房

洛克回到房间，呼唤和才。但他发现，在这样一个夜晚，他的侍卫们都消失了。

这是前所未有的情形。

楼下，曼妙的歌声还在回荡。歌声中，洛克坐下来写信："亲爱的编辑先生：出于我本人严谨的道德观，我拒绝了土司的建议。但我想，在他也是一种友好的表示。我要说，这真是一种奇异的风俗，他们不要婚姻，女人成为家庭的中心，由她们随意挑选可心的男人，追求肉体的欢娱，以及传宗接代。这些男人并不抚养自己的亲生骨肉，他们留在家庭里，帮助他们的姐妹抚养那些没有父亲的孩子，"虽然没有人看见，洛克脸上还是显示出不以为然的神情，"当然，这些人自己就是同一方式诞生下来的。以我在中国这些荒蛮边地多年旅行的经验，我并不抱有传教士们那种想提升、改变这些人的幻想。现在，那些诱惑异性的歌声依然在我耳边回荡，经我多年训练的忠诚卫士们，也早忘记了纪律的约束，一个都不在我身边了。好在，除了这种奇异的风俗，他们还真是一个和平友善的部族。所以，我不像在其他地方那样担心自己的安全。抛开严格的道德标准，从《国家地理》杂志广博的兴趣来看，我觉得我可以拍下一些关于这个奇异部族的照片，写下一些客观的文字给你们杂志。当然，如果你们能对我艰苦的行程予以更多资助的话。"

洛克书写的时候，一直在喃喃自语，也许，他的书写本身就是为了在某个时候，以这样的喃喃自语排遣孤独。自语的时候，他听到窗外有窸窸窣窣的声音，那是几个姑娘，把脸贴在窗玻璃上向屋里张望。她们把脸使劲贴在窗玻璃上，把高耸的鼻子都压得扁平了。

洛克和衣躺下，一口吹灭了油灯。

他听到了窗外传来姑娘们哧哧的笑声。

洛克说："上帝。"

他听到窗外的姑娘离开了，楼下院子也安静下来，但在旷野上、湖岸边，那些歌声、快乐的嬉戏声还在不断传来。

洛克又点上灯，坐起来打开《圣经》："上帝啊，这些人生活如此贫苦，还能享受这种俗世的欢乐。"

那些歌声远去，夜，渐渐安静下来。

洛克披着衣服在屋子里徘徊。他的脑海里老是出现土司婚床上新婚之夜的情景。为了驱赶这些想象，他对着《圣经》默默祈祷。

当这个歌声荡漾的世界终于寂静下来，天边已现出了霞光，湖水渐渐被霞光照亮。

洛克突然惊醒过来，侧耳倾听，真的传来了枪声。一声，又一声。"强盗来了！贡嘎岭的强盗来了！"

人们从家里跑出来，随身带上一点儿值钱的东西，向着湖边奔跑。洛克的侍卫们衣衫不整，手持武器从各自度夜的当地人家的花房中冲出来。人们向着湖边奔跑，那里聚集着许多独木舟。大家登舟向着湖中的小岛划去。

洛克再次愤怒了，因为在这个危险的时候，他一向忠诚的侍卫一个都不在他的身边。此时，他们正从村庄中不同的人家出来，拼命向着洛克所在的土司府奔跑。

## 二十三　湖边　村路

土司一家人行动迅速。

值钱的细软早就包裹好了，拿起来就走。土司催促洛克跟他们一家上岛去。

愤怒的洛克拒绝了。他穿着西装，戴着船形盔帽，一手卡在马夹上，一手握着手枪，劈开双腿，站在了村道中间。

在他身后，人们登上独木舟，拼命划向了湖中小岛。

强盗们的枪声越来越近，已经听得到他们的啸叫和马蹄声了。

站在村道中央的洛克，怒气正在消失。代之而起的恐惧使他的身体开始抑制不住地颤抖。

洛克的侍卫们正端着枪向他奔跑而来。

和才第一个到达，他气喘吁吁地说一声"洛克博士"，就弯下腰大口喘气。洛克对着他脚前开了一枪。那个侍卫并不害怕，他蹦跳了一下，然后以立正的姿势站在洛克面前。十二个侍卫都到齐了，雁翅般排列拱卫在洛克周围。这时强盗的队伍也冲了他们面前。

双方在那里静静对峙，只有马和洛克那些侍卫的喘息声。那些强盗身材高大，面孔黧黑，好些人嘴里都有金牙在闪闪发光。

湖上，土司的船停下来，向着岸上张望。这时，那个自出场以来一言不发的新娘说话了："回去，把船划回去！"

船夫都看着土司。

新娘跺着脚："听见没有，我说回去！"

土司有些无奈，挥挥手："听夫人的，回去。"

和强盗对峙的洛克把枪插回腰间，脱下帽子，上前几步，摊开空空的双手，勉力笑笑："我想你们知道我是谁。"

厨师上前来替他翻译。

强盗们好奇而又警惕地盯着他。

"你们是木里王的人吗？"

强盗们沉默。

"不是？那你们肯定是从贡嘎岭来的了。我知道你们那里有高高的雪山日松贡布。我想去那里看望你们的首领。"

强盗们还是沉默不语，但他们明显松弛下来了。

"我能捎封信给你们的首领吗？"

强盗头催马上前，围着洛克打转。洛克仰脸望着马上那张刀削斧劈一样的黑脸，还在勉力微笑，口中却自言自语地说："你这种高高在上的感觉本该是我的才对。"他随即又对厨师说："这句不用翻译。"

强盗头问他的侍卫："这个怪模怪样的人在说些什么？"

"他想成为你们的朋友。木里土司的朋友，你们首领的朋友。"

那些人惊奇地面面相觑，他们劫掠的路上，还从来没有遇到过这样的情形。

洛克又说："我知道你们首领的名字叫扎西。你们中谁是扎西？"

侍卫翻译他的话："我的主子问你们谁是扎西？"

三个强盗催马出列："我们都是扎西。"

和才对洛克说："这些西番，十个人里头会有两三个人都叫扎西，"他还补充了一句，"就像你们美国人，好多人都叫约翰。"

这情形似乎让洛克感到开心，他掏出腰间的手枪，平端到强盗们面前："请把这个捎给你们的首领，我想做他的朋友，我想去看看你们贡嘎岭的日松贡布雪山，还有香格里拉。"

强盗从马上弯下腰，拿过那把小巧的手枪，递给身后的同伙们。他们一一传看，每个人脸上都露出鄙屑的表情，最后，那个强盗把手枪扔回到洛克怀中，同时竖起了一个小指头。他收起小手指的同时，又伸出食指，指向了洛克胸前的怀表链子。洛克明白过来，摘下怀表，让侍卫递到那人手上。

强盗收起了怀表，突然，他从腰间拔出了佩刀，从自己嘴里撬下一颗金牙，扔在地上。接着，他们在一声呼哨中勒转马头，飞快地消失在视线里。

侍卫捡起那颗金牙，擦拭干净了，递到洛克手上。

洛克说："他们就这样不辞而别，真是不懂礼仪的野蛮人。"

一个侍卫却对厨子用向往的口吻说："好威风啊！"

厨子微微一笑："这样的人以前我见过很多。"

洛克得意地对左所土司说："看，对这些人，只有勇敢，和枪，才能保护您的村庄。"

土司年轻的新娘，眼睛落在洛克插在腰间的左轮手枪上，闪出了光亮。洛克看到这一切，抽出这支枪，说："要是夫人喜欢……"

新娘在犹豫，土司先把洛克拦住了，他显得忧心忡忡："今天可是跟他们结下新仇了，唉，冤冤相报，他们一定还会再来的。"

洛克说："您，还有那个永宁总管，为什么总是担心和害怕？"

"我们贫寒的小地方，旁边都是强大的邻居，谁都得罪不起啊！不过，我的新夫人是刘军长做媒的，以后，我就不用那么担心了。"

新娘起身，从洛克手中接过那把手枪，突然用英语说："谢谢。"

洛克不相信自己听到了英语。

"什么？"

新娘又欠了欠身子："谢谢。"

洛克想说什么，新娘却已转身走向了湖边。

土司有些骄傲："她上学的地方有洋人老师。"

## 二十四 泸沽湖畔 村庄

春去夏来。

洛克还滞留在泸沽湖畔。他在湖边架好相机,用相机拍摄湖上打鱼的独木舟,拍摄那些辛勤劳作的女人。她们歌唱,她们调笑,但一站到相机镜头面前,表情就都变得严肃紧张。早晨,透过薄雾,一个当地青年男子走出花房,身后,是伸出半个脑袋送行的姑娘。洛克按动快门,灯光闪过,那对男女吃了一惊。姑娘笑着掩住脸,洛克哈哈大笑。

那个小伙子也讪讪地笑了。

洛克被邀请进楼下的祖母屋。光线黯淡的房间中央燃着一个火塘,火塘上首是神龛。火塘旁边坐着一个老妇人,这个人家的祖母,真正的主人。洛克对她鞠躬致意,老太婆张开没有一颗牙齿的嘴,露出了笑容。

洛克在屋子中听老东巴吟咏经文。

他拿起一卷东巴经文,用指头描摹那些象形文字。他指着一个又一个东巴文字,向东巴发出询问。东巴仰起头,不看洛克,看着黑暗的屋顶,叨叨絮说。窗户上又挤着几张姑娘们向里张望的脸。洛克置之不理,继续他的工作。

在院子里,侍卫们把一只只木箱打开,趁着好太阳晾晒植物标本。

他的厨师和一个侍卫兴高采烈地从湖上的草海中出来。侍卫提着几只刚猎获的野鸭。厨子把装满了野鸭蛋的帽子捧在手里。厨子特意跑到洛克面前:"新鲜的,新鲜的。"

洛克拿起一枚蛋,闻闻,又在耳边摇晃,倾听:"新鲜的,不要煮老了。你总是把蛋煮得很老。"

寂静的湖畔突然响起了枪声。

洛克的侍卫们立即全副武装来到了他的身边。

洛克高兴起来:"应该是木里王送信来了。"

他们跑出村子,外面却没有往常那样的慌乱。枪仍然一声声响着,从湖边传来。村里的很多人也聚集在湖边。洛克发现,土司年轻的新夫人穿着一条军马裤,一件束腰带的上衣,举着手枪,对着一只画上了人头的船桨一枪枪击发。

土司看着眼前的情景,表情复杂。

他摇着头对洛克说:"这么娇气的女人喜欢玩枪!"

洛克指指自己那些着装整齐、身上一长一短的纳西侍卫说:"这个时代,你们中国的史书里说的乱世,使自己强大有什么不好?我知道您府上也有很多枪,为什么不用?"

土司示意洛克跟自己回土司府。

## 二十五　左所土司府　库房

土司解下腰间的钥匙，进到一间屋子，推开一道暗门，出现了一间密室。幽暗的光线下，一支支枪管发出金属的光亮。架子上，是保养很好的枪械，有步枪，还有机关枪。

洛克吃惊了："您有这么多枪，那些强盗出现时，您为什么不反抗？"

土司眼光黯然："反抗，反抗过，土匪却越来越多。这个世界，强盗越杀越多。"

"把您的百姓武装起来，就像我武装卫队一样。"

土司说："我父亲在位的时候，这些枪都是发到老百姓手里的，最后，他就死在一个被别的土司收买的自己百姓的枪下。"

"为什么？"

"外面的人想我们的地盘，下面的人想我们的宝座。我父亲，一共三枪，半张脸都打没了。其实，土匪下山，也知道我们这样的穷地方没有什么油水，再说了，"土司说，

"我们有湖中的岛,他们来了,我们就躲到岛上去,他们也奈何不得。让他们牵几头牛羊,烧几间房子,我们再回来,损失比跟他们开战小多了。"

湖边传来一声声枪响,他说:"想不到她小小年纪,这么爱枪,不知是福是祸啊。"

## 二十六　土司府后面的小山岗

小山上响起了牛角号声。

土司和洛克以及他的侍卫们来到小山前。

角号声还在响着。

茂密的树丛遮掩着山头,看不见人影,但响起了一个人的呼喊:"我是永宁土司府的信使,阿云山总管给洛克博士的信!"

洛克的纳西族侍卫中的三个人,端着枪交相掩护着向着那座小山冲去了。很快,他们就带着一封粘着鸡毛的信回来了。

洛克打开信,表情沉重起来,他吩咐侍卫收拾行李,对土司说:"那个战败的胡军长的残兵败将马上要开过来了,这是阿云山总管的难题,也是您的难题,土司大人,他们可不是那些山里出来的土匪。"

土司倒坦然:"他要去四川投靠刘军长,刘军长也是我的靠山。"

## 二十七　木里　金矿场

一道溪流蜿蜒的河谷中，一些人正站在溪流中淘洗黄金。溪流两岸，草地、灌丛都被挖开。他们把挖掘出来的含金的沙砾运往溪边。

山坡上，是采金人的简陋营地。

再往上方，是峡谷中的康坞大寺。木里土司衙门也在这片寺院建筑中间。

那些辛勤劳作的人群四周，有穿着国民党军服的士兵持枪监视。他们姿态懒散，表情漠然。精神状态和以前出现过的保安队士兵没有两样。

更远处，还有木里土司派出的人在暗中监视。

一个采金人脚蹬着一块石头，摇晃着手里沉重的筛盘。他稍稍滑了一下，低头时，看到水中被踩掉了青苔的石头露出了刺眼的金色。他忍不住叫出声来。这一声，让周围的人都朝他转过身来。他急中生智，端着筛盘倒在了水中。筛盘里的泥沙立即使得溪水浑浊了。这个采金人仰身倒在溪水中，让自己的身体遮住那块闪露出金色的石头。他的腰重重硌在那块石头上。他发出了痛苦而又带着某种满足感的呻吟。人们看了他一阵，无视于他的痛苦，又把眼光转向自己手中筛盘里那些包含着细碎金屑的砂子。他独自在水中喘息，呻吟，挣扎……他用身体遮挡住别人的视线，用手拂开了石头上的青苔，下面露出的是黄金的光色。他又禁不住叫出了声。

这动静引起了山坡上士兵的注意，看到他痛苦挣扎的样子，士兵毫无同情心地笑笑，把脸转向了别的方向。

他扑到了那块石头上，用另一块石头把露出黄金颜色的地方遮盖起来。他的眼睛火一样燃烧起来。当那些表情疲惫漠然的人转头来看他时，他又躺在地上，佝偻着身子，痛苦地呻吟起来。

那些人又转身去筛淘金沙了。

只有一个站岗的军人挑了挑眉毛。

## 二十八　木里土司府

木里土司正闭着眼打坐。

突然，他身体颤抖了一下，像是吃了一惊，他睁开眼睛："不行！刘军长的人会挖光我领地上的金子。"

闭眼垂手站在一旁的管家也惊醒过来，睁开眼睛，随口附和："是啊，地下的金矿是土地的福气，要是他们挖光了金子，这片土地就要被神灵遗忘了。"

木里土司又说："我要去看看他们怎么挖走我家的金子。"

管家走到窗前，对着楼下喊："备马！"

## 二十九　金矿场

夕阳西下。

木里土司带着侍卫到达的时候，工地上的人们正在收拾工具，准备回到山坡上简陋的营地。

工人们把筛盘里的金沙汇集起来，送到工头面前。一个少尉在旁边监视。工头用一个小酒杯量那些闪闪发光的金沙，并按酒杯里的金沙的多少付给他们一张张陈旧的纸币。

木里土司就站在那里，冷冷地看着。

士兵们喝令所有工人离开矿场。工人们排成一列，等待被士兵搜身。那个发现金块的采金人扶着腰走到搜身的士兵跟前。

士兵看着他："王富贵，捂着什么东西？把手放下。"

王富贵满脸堆笑："我伤着了，我的腰。"

士兵用枪把他的衣服挑起来，确实有大片的乌青，而且肿胀得厉害。王富贵变得有些饶舌："整整一天，没采到一粒金子，反倒要把命搭上了。"

"滚！"

王富贵走出几步，扶着腰佝偻着身子，躺在了地上。

那个士兵看看王富贵，露出了笑容。

工头端着一只铝盘子，里面是一小堆沙金，他把盘子伸到木里土司面前："看，我们每天就从您的土地上取得这么点金子。就像从牦牛身上拔下来一根毛。"

木里土司用马鞭指了指躺在地上的那个痛苦佝偻着、脸苍白得像一块褪色破布的王富贵，脸上露出威胁的表情："有一天山神发了怒，你们每个人都会跟他一样。"

他们背后，更高的海拔上，晚霞烧红的天空下，是裸露着青色岩石的狰狞山峰。

两个侍卫用尽力气把木里土司肥胖的身子扶上马，向着峡谷上方的宫殿扬长而去。

淘金的工人和士兵们也顺着山道回到营地。

## 三十　金矿场

月亮升起来。

半夜里，躺在溪边的王富贵开始呻吟，他试图起身的时候，腰上的伤疼痛不已。但他还是站起身来，下到了水里。

他把那块天然金块四周的沙石刨开。撩起溪水洗净那块石头，石头在月光下显现出金色的光泽。他哼哼着，半是真正的痛苦半是极度的快乐。

他的哼哼声更大了。这时，一束更强烈的光照亮了这个天然金块。他抬起头，是一束手电光，手电光背后，是两个人影。手电光灭了。一双手伸过来，把他的脑袋摁进了水里。他挣扎的身体溅起一些辉映着月光的水花，然后，一切都安静下来。

尸体随溪水缓缓往下漂移。

两个人把沉重的金块搬到岸上："发财喜了！发财喜了！"

"怕是有四五十斤啊！"

他们用鹤嘴锄铲下一小块金子，手电再次亮起，照向那断茬，那是金子更明亮的闪光。跪着的人拿起金块，向上抬起笑脸，他的表情迅速转变成惊恐。鹤嘴锄正朝他脑袋砸来。他避开，锄头沉沉地落在肩上，他恨恨叫了一声："刘家旺！"就软绵绵地倒在地上。

他醒来，金块不见了，对面山坡上有一个依稀的人影，正背着沉重的金块向着山上爬行。

山上，灯火依稀，是木里土司的宫殿和寺院。

## 三十一　贡嘎岭　寺院

贡嘎岭群山之中，山势陡峭，森林茂密的半山腰上是一座破败的寺院。

从寺院楼顶，可以望见远处一座宝塔形雪山的顶尖。自从这里变成了扎西匪帮的巢穴，寺里的僧人已经逃散。

寺里只剩下一个年老、衣衫褴褛的僧人，他从不说话。此时，他正执着一把壶，给一盏盏佛前的供灯添上灯油。

扎西首领把洛克的金表贴在耳边听着嚓嚓走动的声音。他的脸上露出了满意的笑容，他说："像强健女人的心跳一样。"

他的手下咧开嘴笑了，露出缺了一个口的门牙。

扎西首领已经在泸沽湖边露过面了，他就是那个自己把金牙撬下来，扔到洛克面前的人。

"听说他还给木里土司送去了几枚金币。"

扎西首领："那就是说，他真的不稀罕金子。他真的只想来看看我们这里的雪山？"

一个手下说:"这些洋大人,您记不记得前些年也有一个叫什么威尔逊的写信来,要求您保证他的安全,说他只是想来采集一些野花的种子。"

一个手下说:"洛克博士说,他要看看这些雪山到底有多高,顺便也想采集一些野花的种子。您说这些洋人为什么不稀罕金子,倒稀罕满山都是的野花?"

扎西沉吟道:"难道是他们家乡有很多黄金,却没有花朵?"

"嗯,也许他们的家乡真没有花朵。"

"难道他们那里也没有雪山?"

"当然没有!我们雪山是神的化身,是佛祖降福,派来的保护神!"

扎西首领说:"那他们就该用金子来买几座雪山回去。我们把大的留下,卖些小的给他们。"

众人为首领说出如此幽默的话而放声大笑:"可是,再强壮的牲口也驮不动我们的雪山。"

扎西首领看着手下:"这个不用担心,只要他们有足够的金子,我们的喇嘛会念动咒语,让这些雪山飞到他们的地方去。喇嘛们不是说这些雪山是有大法力的咒师用神力从别处搬来的吗?"

"这些佛塔似的雪山是观音菩萨慈悲,用巨大愿力从遥远的地方搬到这里来护佑一方平安的。谁也不能把它们搬去别的地方。"

扎西首领说:"如此说来,我们要得到金子,只能依靠快马好枪了。"

众人复又互相击掌大笑。

这时,远处又有快马的蹄声在寂静的森林中响起。山路上出现了一个骑马人的身影:"信使,木里的信使!"

## 三十二　寺院　房间

扎西首领的房间，光线黯淡，只有一个枪眼似的窗户上投进来一方阳光，落在屋子中央的地板上。一个人就着光亮看信，扎西首领的大半张脸隐没在暗影里："什么消息？"

"那个汉人新开的金矿出金子了。几十斤重的大金子！"

扎西首领："大金子！山神显灵了！招呼兄弟们，我们走一趟！"

## 三十三　寺院

一队快马，呼啸着冲出寺院，上了蜿蜒的山道。

那个不说话的喇嘛看着马队远去，他面无表情，看看天空，又回到了寺院大殿的佛像跟前。

天空下，寺院的金顶闪闪放光。寺院下方，斜挂在荒凉山坡上的是一个房屋低矮而稀疏的村落。几个衣衫褴褛的老人和妇女正在围绕着寺院前的佛塔转经。

## 三十四　木里土司府

这是一座半像寺院、半像堡垒的藏式建筑。在月光下影影绰绰。

油灯下，穿着僧服的木里土司盘腿打坐，眼睛半闭。这座建筑的下方，才是寺院布满山坡的僧舍，僧舍下方，是寺院高耸的大殿。

突然，清脆的枪声划破了夜空。

穿着僧装的管家和下人起身冲出门外。

木里土司捻动念珠的手停顿一下，复又捻动起来，他的口里发出了低沉的念诵六字真言的声音。

山下河谷里枪声响成一片。

木里土司坐不住了，他试图站起身来，但挣扎了几次高大肥胖的身躯，都没能站起来。

两个侍从赶紧过来帮助他站起身来，从室内来到了室外的平台上。枪声正从下方的山谷里传来。火光闪闪。

管家说："他们来得真快。"

木里土司:"金子多他们就来得快。"

管家对着屋子中的黑暗说:"把那人带上来。"

黑暗中立即有人应声。

一个人被带到了他面前。就是那个见财起意、却被同伙打伤的护矿士兵。那人耷拉着一只肩膀对着木里土司和管家鞠躬。

管家对他说:"幸好你不在金矿上,我们老爷慈悲,特意把你留在这里,才避开了扎西首领那些残暴的手下。"

木里土司说:"我告诉他不能伤人性命。"

他们回到屋里,管家吩咐多点几盏灯:"预备些酒水,等会儿客人要登门了。"

灯亮起来,照见那个守卫金矿的士兵,一身破旧的军装。

管家说:"咦,我忘了你叫什么名字?"

受伤的肩膀使得那个人整个身子都歪斜着:"小的叫李有财。我是金矿护卫队的二班长。"

"李有财,要是我们来自贡嘎岭的朋友找到了金子,你会得到赏赐。要是他们走了空,就算有我们老爷的面子,怕他们要怪罪于你啊!"

李有财一脸惊惶："好几十斤的金子啊！刘家旺拿着那么重的金子走不远！"

这时，下方山谷里的枪声已经沉寂下来了。亮着火把的马队正向木里土司府疾驰而来。

管家叫土司府侍卫埋伏在各处，吩咐带兵官："要是他们敢对老爷不利，就给我动手。"

马队来到官寨门口，带兵官对他们大声说："远客辛苦！老爷请扎西首领楼上说话！"

扎西首领带着两个人上楼。

咕咚一声坐在了木里土司面前。

木里土司笑笑："首领一向安好。这一趟收获不错吧。"

扎西首领："托您的福，我的武士们没有空走一趟。"他让手下人把一只精致的软皮袋子打开，里面都是些沙金，"只是没有最大的那一块。"

木里土司端起酒碗，做了个敬酒的姿势。扎西首领端起碗，一饮而尽。木里土司浅浅抿了一口，用手抹抹银碗边，放下了酒碗，笑笑："怎么？没有找见？唉，本说地下多金，是旺了风水，不想这年头却是一个祸患，总惹得人千方百计想进我的地盘。看来，我木里领地的金子也不是那么容易拿走的。"

扎西首领说："那个大金子呢？"

木里土司对管家说："马上给刘军长写信，报告金矿被贡嘎岭匪帮洗劫，请他派军进剿。如果他派不出兵的话……"木里土司挥挥手，管家把李有财带到跟前，"我要派你去送这封信。"

管家马上掌灯书写。

木里土司对扎西说："大金子的消息，是他送来的。"

扎西首领从袋子里掏出一把沙金放在案子上。李有财立即两眼放光，他的手刚伸向那些金子，扎西首领就抽出腰刀对着他的手猛扎下去。

李有财一声惨叫。

扎西首领却哈哈大笑，众人也都笑起来，那刀扎在李有财的指缝中间。

这李有财倒也是个角色，他马上镇定下来："那没良心的家伙走不远，肯定是躲在山林里。不用急，他得了金子肯定得想办法运出山去，他又没长翅膀，再说，就算他有翅膀，驮着那么重的金子，他也飞不起来，大王只要耐心些，把住路口……"

扎西首领对木里土司说:"这个人得跟我走。"

李有财说:"听大王吩咐。"

"我可不会分给你金子。"

"至少我不能让那小子得了便宜!"

木里土司又端起酒碗:"你们的路还长……再说,天一亮,金矿的人就要来告状了,我可不想你们在我的府上遇见。"

扎西首领说:"慢,我还想看您府上一样东西。听说,那个洋大人送了您美国金币。"

管家用钥匙把木里土司身后的一个柜子打开,取来了那三枚精致的金币,放在了案子上。

扎西首领也从衣襟下掏出金表:"也是那位洋大人的礼物。"

接下来,两个人几乎同时说:"洋大人什么都有,可偏要到我们地面上来干什么?"

木里土司摇头。

扎西首领:"他对我的人说,他要从您地面借道去看我们贡嘎岭的日松贡布雪山。就像我的队伍从你地面借道去泸沽湖边的永宁坝子。"

木里土司沉吟:"难道事情就这么简单?那就请他来,看看这个洋大人到底想要干什么?"

扎西首领:"让他来吧,我们也开开眼,看看这个世界上到底有没有人不爱金子,只爱雪山。"

这时,天边已经显露出铁灰色的黎明光亮。

## 三十五　深山中

一个人独得了金子的刘家旺把步枪当拐杖，背着沉重的金块在崎岖的山道上行走。

林中的动静使他大吃一惊。他猛然端起步枪，却见一只野鸡惊走，横过眼前的山道。他吁了一口气，把背靠向路边的一棵栎树。再起身时，一用力，装着金块的柳条筐底穿了，金块掉在地上，然后，慢慢滑下路边的陡坡，他整个人扑上去，金块却带着他向陡坡下滑去。他好不容易稳住了下滑的身子，金块却脱了手，翻滚而去。听着金块沉重翻滚的声音，他坐在地上哭出声来。

## 三十六　永宁土司府

天亮了。阿云山府上，旁边的寺院香烟升腾，鼓声、号声齐鸣。

阿云山忧心忡忡，看着手下人把一叠叠银圆装箱。这些银圆装到了牲口驮子上。驮队的头儿却迟疑不去："胡军长要三万，您才给他三千，我怕去得了回不来。"

阿云山有些恼怒："你看我们这个永宁坝子筹得出那么多钱吗？你要死也是为了保护永宁坝子，灵魂可以升天。"

驮队的头儿："万一有事，请总管照顾我的家人。"

总管扶着他的肩膀，重重点头。

驮队这才出发了。

洛克冷眼旁观。

阿云山对此有些不满："我本以为，有一个美国朋友在我这里，他说句话，会让害怕洋人的大官们对我们客气一点儿。"

洛克对阿云山说："我看你的湖心岛比左所的王妃岛离

岸更远,更安全。"

阿云山佝偻着腰,剧烈地咳嗽:"他们不是贡嘎岭的土匪,政府军有大炮。"

洛克对身边的侍卫说:"把放上山的骡子赶回来,收拾东西,准备启程吧。"

## 三十七　洛克卧室

洛克回到房里，坐到桌前，打开日记本开始书写，只有这时，这个面容冷酷的人才会打开心扉。

"作为永宁这个小世界的聪明的人，阿云山总管完全是被自己的野心蛊惑，才将自己推向了这进退两难的位置。他只是这土司领地上的总管，却把自己当成了土司。他认为这是为属下的百姓负起了伟大的责任，在我看来，他是被虚假的道德感迷醉了。上帝，当我看清了这一点，我就能克服我该死的同情心。是的，上帝，这个好人的可怜模样总是触发我的同情心。但我是一个文明人。文明人能够用冷静的理性，用自己对事业目标明确的追求来克制这种廉价的同情心。我知道我不该对这样的人产生情感，我也没有对这个国度的其他人产生过这样的情感，不论是男人，还是女人。现在，我必须离开了。因为我不愿意看见他为了维持一个小世界的平静而受着煎熬。上帝，这就是我亲身经历的中国，这是华盛顿的政客们不知道的中国。不是他们在议会、在报纸和收音机里谈论的民主的、蒋总统所领导的中华民国。"

和才进来问他:"明天出发吗?"

"再等等。再等等看。也许木里王和扎西首领该回信了。"

"洛克博士,我们明早出发吧。我的人都想回家了。"

洛克沉吟一阵:"再看看,也许胡军长的军队不会来。"

白天,他又摆开相机,要给总管府的人们拍照,但他们都客气地拒绝了。

不管事的土司告诉洛克:"他们即将被胡军长夺去所有的财产,他们不想被一个洋人收走了他们的魂魄。"

洛克回到房中,命令侍卫把收拾好的箱子重新打开。他用床单、被子遮上窗户,把自己借住的房间变成了一间暗室。他在土司府中只找到三个人,阿云山总管的两个女儿和穿喇嘛装的小儿子,当着他们的面,他把胶片和相纸放入药水中,让他们看到底片上的影像慢慢显影在相纸上。总管两个大一点儿的女儿一脸惊奇,那个穿着喇嘛装的小儿子却吓得哭了起来:"鬼魂,鬼魂。"

## 三十八　永宁土司府　客厅

晚上，在灯光下，总管一家人都聚齐了。

他们在传看照片，仔细地端详照片上的自己。屋子中响起来久违的笑声。这似乎让洛克感到了某种安慰。

阿云山还在剧烈地咳嗽。洛克打开药箱，给他包上几包药，还让他当面吃下一份。阿云山眼里有一种很深的悲戚："其实这个世界并没有什么好留恋的。我出过家，在西藏当过喇嘛。我相信转世，如果佛祖可怜我，就让我下一世转生到一个好的国家。我知道，您看不起我们这些人，这样的地方。可是，洛克先生，一个人的命运都是早有安排的，我也愿意出生在安定富裕的地方。"阿云山笑笑。"下辈子我会转生到你们美国也说不定。也许明年，也许后年，可是那时我们再见面也认不得了。"

洛克把脸转向灯光照不到的黑暗，眼里泪光闪闪。

他起身走出屋外，天上的星空比之于他眼里的泪光更晶莹，更明亮。

阿云山也跟着出来了,站在他身边:"美国人都得像您一样,不让自己产生情感吗?"

洛克脸上立即浮现出愤怒的表情,他想说什么,但话到嘴边,又没有出口。他上楼,砰然一声关上了房门。

## 三十九　永宁土司府门前　夜

村子里的狗疯狂吠叫。

马蹄声从总管府前村道上掠过。

马背上的人扔出一把刀,刀扎进了总管家的大门,上面带着一封信。

蹄声远去,一切都又归于死一样的寂静。

风吹动着扎在门上的信,啪啪作响。

## 四十　永宁土司府内

黎明时分，洛克刚刚起床。

侍卫就把从门上取下的信送到了洛克手中："木里土司来信了。"

洛克正坐在床边，让侍卫给他套上靴子。

"他说什么？"

"他同意您去访问他的领地。"

洛克一下从床边站起身来，一只脚上还没套好靴子使他差点儿绊倒在地。

他摇晃着身子，终于站稳了："木里？！我真的等到木里王的邀请了！"

他冲出房间，对着闻声赶来的阿云山大叫："我要去木里了！"

阿云山平静地说："我已经知道了。山高路远，我替您多备了一些粮食和鱼干。"

## 四十一　山道上

洛克的队伍出发了。

道路在松林中穿行。蓝宝石一般的湖水已经在身后了。越来越远。

他们不光赶路，还一路采集植物，长着巨型掌叶的大黄，植株低矮的红门兰。结着晶亮的成对小红果的忍冬。他们还捕捉鸟类和小型的动物。

## 四十二　野外营地

一到宿营地，洛克的手下人就分成几拨，一组人为他搭帐篷，铺床，撑开折叠式的书桌和餐桌。一组人熟练地制作标本。再一组人把牲口背上卸下来的一只只长方形木箱垒成一道挡墙。洛克自己也精力充沛，架好相机拍摄照片，使用各种仪器测量气温与海拔高度，手绘地图。然后，他在黄昏的天空下坐下来享用晚餐。

只要天气好，他都要在帐篷前的草地上享用晚餐。

侍卫安好折叠桌，桌布和餐巾干净洁白，刀叉闪闪发光。

厨师端上来的盘子里是牛排、煮豆子，还有水晶杯盛着葡萄酒。今天，还添了一道烤鱼干。

背后是高耸的山峰，眼前是波涛般起伏的山谷。在行李驮子垒成的短墙前，他的侍卫和马夫们燃起篝火，烹煮他们的简单食物。

对这一切，洛克都心安理得。

## 四十三　又一个营地

又一个夜晚，他们的宿营地是一个山口。

景色更加壮美，那些高海拔的岩石山峰闪烁着明亮的金属光泽。挺拔的冷杉上挂满松萝。

夜降临了。洛克坐在桌前写信："亲爱的编辑先生：我怎么向您描绘这些遗世独立的地理奇观呢？到时候，我拍摄的照片，我采集的标本，我记录这次行程的文字，都将是最好的证明。这里的地理是多么雄壮广阔啊！我现在写下这封信的地方，在一座高山顶上。这座山因为它的高度，统领着至少三千平方英里的群山。它是这三千平方英里高贵的王！而我此时的感觉，也是一个伟大的国王。是的，我乐意将我的经历和《国家地理》杂志的读者分享。我保证我这些文字能令容易兴奋的美国人疯狂。当然，前提条件是：一，你们应该为我延长行程而增加一些费用；二，我的这些文字不能和什么描绘欧洲某国古街道和街道上市井生活的文字放在一起。我这样说，既是出于我对自己事业的自信，也是因为从内心里尊崇这些雄伟的、世人从未一睹尊容的群山。"

他折好信纸，塞进信封，写上邮寄地址，心满意足地躺在床上。"上帝！华盛顿、纽约那些办公室里的书呆子，那些账房先生，永远也不能理解这种伟大的感觉。"

半夜，下雨了。雨点敲打着帐篷。

早上，侍卫进来，洛克还躺在床上："你先把信收好。"

侍卫拿出专门的信袋，里面，他从进入泸沽湖以来就没有地方寄出的信已经有好几封了。

和才说："洛克博士，袋子都快装不下了。你给上帝的信和编辑的信。"

"你是嫌我写得太多了，别担心，大不了多雇一头骡子。"

和才说："我不会写字，写下那么多字一定是件了不起的事情。"

厨师在一旁说："我看他是没事可干。"

洛克说："美国报纸上天天都有很多烂文章，都是会写字的人写的。最了不起的事情是成功，是让人们觉得你是个英雄，像个国王。"

"那这些信……"

"等到了有邮局的地方一起寄出去。也许这种方式也会让那些一辈子待在一张桌子前的先生感动呢。"

## 四十四　山道上

新一天的行程。

这一天，他们总是感到有人从山崖的高处，从树林深处在窥望他们，感到有人在暗中一直伴随着他们。

洛克命令把山道上拉得很长的队伍聚集紧密，侍卫们分成三组，一组是尖兵，一组是后卫，一组护卫自己。马夫们也感到了潜藏的危险，全部子弹上膛。

洛克自己骑在马上，神气十足地不时拿起望远镜观察周围的动静。

和才说："他们是木里土司派来的人。"

"你有这么好的判断力，都是我训练的结果！"

"他们只是来打探，我敢肯定他们不会把我们怎么样。"

"叫所有人打起精神！"

突然，洛克掏出手枪，开了一枪。队伍立即停下来，响起了一阵拉动枪栓的声音。一只野鸡从前面的树丛上掉下来，落在一匹马背上，接着又滚落到地上。一个侍卫把野鸡捡起来，举到洛克面前。洛克勒住马哈哈大笑，大声说："厨师，厨师！到前面来。这是我今天的晚餐！"说话时，他一直在注意着四周树林和高处山崖上的动静，"用法国红酒慢炖！"

和才明白他的用意，说："你用英语了，他们听不懂。说汉话他们可能会懂。"

洛克用汉语大声说："红酒炖野鸡！"

洛克大笑。这笑带着自得和狂傲。

和才也大笑。这笑是分享了主子荣光的得意。

终于，木里出现了。

队伍停下来，再转过一个山湾，爬上对面的山梁，木里就到了。

那是半山腰上一群辉煌的寺院建筑。寺院的下方，有些斜挂在山坡上的玉米田，和星散于玉米田边的稀疏村落。

队伍里响起欢呼声："今晚可以睡在房子里了！"

洛克放下望远镜："停止前进，宿营！"

队伍里响起失望的声音。

洛克吩咐："今天，不管天下不下雨，都要把帐篷搭起来！"

大伙搭建营地，一个侍卫把路上打到的野鸡剥了皮，肉给厨师，把剩下的部分制成标本。

洛克则开始他一个探险家的作业：测量，绘图，敲打岩石，用放大镜观察这些岩石或一朵野花。

这时是秋天了，山林已经呈现出斑斓的色彩，草地也已泛出金黄，但还是有很多花朵。尤其是蓝色的各种龙胆。洛克细心地采集这些精灵般的花朵，放入标本夹中。

忙完这一切，洛克让侍卫在帐篷前支起了他的折叠浴缸，侍卫们一桶一桶往里面装满热水。洛克穿着睡衣从帐篷里出来，四周的山野正被西下的夕阳笼上虚幻迷离的光线，他脱下睡衣，躺进了浴缸。侍卫上前，替他点燃了一支雪茄。他的帐篷顶上，那面"令"字旗在微风中飘扬。洛克眯缝着眼睛望向山野。他看见有人俯身在山岩后偷窥营地，有人离开，更有人前来。

他脸上浮现出得意扬扬的微笑。

和才说："木里土司知道我们到了。"

洛克惬意地闭着眼睛："去给木里土司送个信，告诉他洛克博士已经到了，问他明天什么时候方便，我好去拜见。"

他洗浴完毕，又在漫天晚霞下开始排场的晚餐。折叠桌椅，雪白的餐布，整齐的刀叉，都在露天里摆开。侍卫斟上红酒。厨师端上来烹烧好的野鸡。

送信的侍卫回来了。

"木里土司欢迎博士明天随时到访。"

"那就明天中午。"

送信人说："好，明天中午。"说完，却没有离开的意思。侍卫和马夫的营地上，也铺开了毯子，上面摆满了丰盛的食物。

洛克放下刀叉，突然愤怒地大叫："还不快去！"

送信的侍卫只好又翻身上马而去。

洛克重新拿起刀叉，对和才说："取几瓶威士忌，慰劳大家！"

## 四十五　木里土司府

木里土司正在听人描述洛克的种种行迹:"他在一个布箱子里洗澡。"

"布箱子?"

"可以压扁,又可以撑开。"

木里土司有些生气,他指着一只碗:"这可以让几只苍蝇在里头洗澡,可怎么把它压扁,又怎么把它撑开?"

那个人就不敢再往下说了。

又一个人进来:"他在雪白的布上吃饭,他的酒是血一样的红色!"

身旁一个喇嘛沉吟:"也许他喝的就是血。"

木里土司摇头:"不,我们谁没见过血,人的,动物的,血离开身体就会凝固起来。除非是现杀现喝。他杀人,或者别的什么东西了吗?"

猛烈摇头:"真是没有。"

"这个人肯定懂法术!这样的人来了没有什么好处!"

管家是他手下最见多识广的人，他凑近木里土司的耳朵："要不，晚上派人……"他做了一个抹喉的动作。

木里土司翻翻眼睛："如果他懂法术，只好你去了，这里就你本事大，别人谁敢去？"

管家低下头，嘴里嘟嘟哝哝念诵经文。

楼下又传："洋大人信使到！"

下面送信的侍卫对着楼上大喊："我的主子，洋大人洛克博士明天中午前来拜见木里土司！"

木里土司吩咐："请他上来。"

送信的侍卫被带了上来。

有人发问："洋大人喝的红色东西，是酒，还是血？"

侍卫想笑，但却止住了笑容，一本正经地正要回答。

木里土司却说："你回去吧。"

侍卫转身离开，木里土司又开口了："我听说有一个胡军长带着很多队伍，永宁坝上那些土司都很害怕。"

侍卫说："是好几千人的队伍！我们住在永宁坝的时候，胡军长天天写信问那里的土司要钱，还要他们准备牛羊粮食。他们在云南被打败了，要经过永宁到四川去。"

木里土司："好了，你去吧。"

侍卫临走，回答了先前那个问题："洛克博士喝的不是血，是酒，葡萄酒。他还有威士忌酒，白兰地酒，伏特加酒……"

木里土司的表情变得阴沉了，侍卫赶紧住口。

## 四十六　探险队营地

第二天，营地拆下来，又变成了马队背上的驮子。

洛克坐在一把折叠椅上，捧读他随身带的英文小说《大卫·科波菲尔》，没有动身的意思。太阳越升越高。

和才忍不住提醒："你说过中午拜见木里土司……"

洛克点燃烟斗："我改成下午了。"

"那我派人去通知。"

"不用，这些人反正都无所事事，等等也没有什么关系。"

和才明白了："这个木里土司让你等了那么久，这回该让他等等！"

## 四十七　通向木里土司府的路口

一个交叉路口。

大路通向木里寺院和木里土司府。另一条路通向四散着稀疏村落的山谷。

木里土司派出了管家、带兵官领着一众人等在路口等候洛克。有击鼓吹号的喇嘛，还有几十名全副武装的武士。他们都排成队伍，准备迎接洛克。

中午已过，洛克还没有出现。

他们立在强烈的阳光下被晒得头昏脑涨。

## 四十八　木里土司府

木里土司从土司府楼上看得见这一切。

他击掌叫人。

下人应声而来："给他们送些茶和酸奶，叫他们不用傻站着，躲在树荫下自便，客人来了，再起来不迟。"

来人得令去了。

木里土司冷笑："洋人也会耍这些小心眼。喝红色酒的人还是要耍汉官一样的小心眼。"

他回到屋里，坐在软垫上闭目休憩了。他捻动佛珠，口里含糊不清地念诵起六字真言。阳光，从几孔窗户上照进来，形成这块明亮的光斑。阴影中的四壁，到处绘制着佛教的众神像。在他背后，是几尊金色的塑像。一切都沉静，一切都缓慢。

## 四十九　路口

　　洛克的队伍出现了，几十匹骡子和马，几十个侍卫与马夫组成的驮队在这个宁静的世界发出了杂沓的声音：骡马的蹄声、驮铃声、脚步声、枪支等金属物品的撞击声。

　　更为奇异的是，厨师手捧着一架电唱机，他身后的侍卫手里高举着喇叭，在崎岖不平的山道上艰难地保持着身体的平衡。

　　前来迎接的喇嘛乐队开始击鼓吹号。

　　队伍停下来，互相张望打量。洛克挥挥手，和才上前把唱臂放到了唱片上，喇叭里猛然响起了交响乐队雄壮整齐的声音。喇嘛们的鼓号声戛然而止。

　　看到前来迎接的人群那惊诧的神情，洛克脸上显出得意之色，他要的就是在这些"野蛮人"中造成这样的效果。

## 五十　木里土司府

闻所未闻的音乐声中，木里土司端坐不动，但他脸上表情复杂，好奇中夹杂着疑惧。

楼下响起管家的喊声："美国钦差洛克先生到！"

木里土司搓手，用发热的双手使劲抹了抹脸，好像要化开习惯了的严厉威严的表情。

楼下响起脚步声、上楼梯声，当一只手挑开门帘时，木里土司脸上现出了和蔼的笑容。

一身西装、皮靴闪闪发光的洛克一手抚胸，微微鞠了一躬："多年来，无论我在四川，在甘肃，还是在云南，都听说木里土司的威名，听人传说木里黄金之地的荣耀，今天终于受邀来到您的领地，是我此生最大的、最大的造化。"

管家从容地把他的话翻译给木里土司。

木里土司击掌，两个喇嘛装的仆人搬上来一把丝绒面的靠背椅。

木里土司欠了欠身子，绽开满脸笑容："我们木里是一个贫寒之地，却有美国钦差到访，我本人不胜荣幸。"

洛克身后站着他的侍卫队长，和他懂藏语的厨师。

洛克悄声对和才和厨师说："他的话和永宁土司总管一模一样。"然后，他提高了声音："把我给木里土司的礼品呈上！"

两个侍卫打开抬上来的木箱，里面是两支崭新的卡宾枪，和几百发亮铮铮的子弹。

洛克在木里土司对面的椅子上坐下来。

木里土司再击掌，喇嘛装束的仆人用银碗奉上了酥油茶。洛克端起茶碗，喝了一口。木里土司看着洛克脸上露出了满意的表情，自己脸上也绽开了满意的神情。他这才拿起枪来，在手里仔细端详。他试着拉开枪栓，又试着卸下了枪上小巧的弹夹。

洛克的厨师这回充任翻译："洛克先生说，这是美国陆军最新式的装备。"

木里土司欠欠身："木里以佛祖的慈悲教化百姓，可是逢此乱世，我们也不得不稍加武装，防止和四周邻居惹起事端。我们也不愿意外面的人在我们的领地上随便来往。"

"就像书里写的香格里拉。"

木里土司摇摇头:"香格里拉,那是一个尚未降临到人间的佛光胜地。"

"会降临吗?什么时候?"

木里土司面容忧伤:"只怕我等不到那一天了。天下不太平,仿佛佛祖预言过的末法时代。"

管家在木里土司耳边提醒:"客人走了那么远的路,一定饿了。"

木里土司点了点头,面对这个让他猜度不已的外国人,此时的他显得心情轻松。

很快,藏式条案上就摆上了奶酪、大块的牛羊肉、混浊的青稞酒。面对这些粗放而且并不新鲜的食物,患有胃病的洛克微微皱起了眉头。好在还没有吃几口,木里土司就在仆人的搀扶下站直了他肥胖的身子。他对洛克说:"我要请您参观一番。"

能离开这些可怕的食物使洛克松了口气:"乐于从命。"

木里土司先指给洛克看他所供奉的一尊尊佛像。他们在一尊似乎刚刚镀金不久的黄灿灿的塑像前停留下来。这尊塑像跟别的佛像有些区别,是寻常人的面孔,洛克禁不住问:"他有些像您。您也是一个佛吗?我知道,您们中有些喇嘛就是活着的佛。"

木里土司:"这是一个人的真身造像。"

"人?也就是说这是一个人的肉身?"

木里土司伸出他巨大而肥胖的手:"对,用很长的时候,很复杂的手艺,我亲手造成了这尊塑像。他是我的叔叔。上一世的木里土司。"

洛克这个自诩经历丰富的探险家还是难以掩饰自己的惊讶:"你的叔叔?"

木里土司用额头碰碰那尊塑像结成佛印的手:"我们回去喝茶吧,我还有东西要请您看看。"

回到座位上时,那些菜肴已经收走了。

有人抱来了一架幻灯机,木里土司说:"就是这个东西。"

洛克惊讶了:"幻灯机!您怎么得到这机器的?还是德国货。"

木里土司说:"一个来木里开金矿的旅长的礼物。"

"您允许他开采黄金了?"

木里土司一本正经:"他拿着省政府的公文,还对我这么客气,我不能不允许。"

"那他一定发了大财了。"

木里土司咧开嘴,无声笑笑,他的手下、管家、师爷和仆人都一齐笑出声来。木里土司收起笑容,他们立即就止住了笑声。木里土司对洛克说:"我想您能告诉我这是什么东西。"

洛克看到装幻灯机的箱子里还有一些零散的幻灯片。他吩咐侍卫去取手电筒。然后,对着光看那些幻灯片。他又让厨师去取来他的白围裙挂在墙上:"今天,我们要变一次戏法。"

他请木里土司叫手下关上了所有窗户。屋子里暗下来。他打开手电,把幻灯片放到手电光柱前,立即,挂着的白围裙上出现了彩色的图形。一张,是西方城市的街景。洛克的声音响起:"美国的一个城市,纽约,我就是从这个国家来的。"

下一张幻灯片是一个人的肖像,穿着西式军装,留着夸张的胡须:"这是一位国王,奥匈帝国的皇帝,不过,他已经失去尊贵的王位了。"

又出现一位表情严肃的外国人。

"这是俄罗斯的沙皇。"

剩下的两张幻灯片已经磨损得很厉害,画面模糊,看不清楚了。

窗户重新打开,洛克看到非常生气的木里土司。他对管家说:"原来有几十张。"

管家不发一言,跪伏在地上。

木里土司又对洛克说,"原本有几十张的……"

洛克说:"那台机器需要电,您这里没有电。"

木里土司陷入了几张幻灯片引起的沉思,他说:"美国,皇帝,总统。"然后,他沙哑着声音问洛克,"现在中国是总统还是皇帝?"

洛克忍住笑,郑重其事地回答:"这是您的国家的事情。现在是总统了。蒋介石总统。"

木里土司轻松了一些:"那就好,我听说,总统比皇帝好一些。"

"皇帝可以一直当下去,就像土司;总统不能。"

木里土司说:"我的军队很少,但他们很听我的话。"他又转移了话题:"我听说有一种镜子,可以望到很远的地方。"

"望远镜。"洛克一边回答,一边对侍卫挥挥手。侍卫很快拿了望远镜来。

洛克说:"这就是望远镜。"

木里土司问:"我能看到美国吗?"

## 五十一　木里土司府楼顶平台

洛克随着木里土司来到了楼顶平台上,说:"可以看到很远的地方,但看不到美国。"

木里土司拿着望远镜,猛一下,对面的山峰就来到了眼前,他吓得倒退了一步,但随即镇静下来。他把望远镜转向楼下,朝向在土司府四周活动的人群。一个老妇悲苦的脸。一只推动转经筒的手。一只停在屋顶上转动着眼珠的乌鸦。他放下望远镜:"真的看不到美国?"

"如果从这里看得到美国,那我从美国也可以看到木里,就不用千辛万苦亲自到这里来了。"

## 五十二　木里土司府

木里土司回到屋子里："那么，您到我的领地来，真的只是为了看一眼贡嘎岭的日松贡布雪山？采集一些野花？"

"不是看一眼，而是去拍摄它，测量它。看看它是不是世界最高峰。当然，有人相信那里有一个天堂般的地方——香格里拉。请问那里的雪山中真有这样一个地方吗？当然，我并不相信这个。我只知道那里有个凶恶的扎西首领。"

这个话题似乎有某种魔力，洛克脸上显现出迷醉的表情："也许，你们所有人都不明白发现世界第一高峰意味着什么！"他指着自己的侍卫，"就是他们也并不真正懂得，他们只是受了我很好的训练，拿了我丰厚的薪水，所以学会了服从，跟我经历种种冒险，学会了说，是，先生，是，洛克博士。他们跟我去青海测量过阿尼玛卿雪山。只是那座雪山还不够高，没有超过埃瑞斯峰。但是我相信，在木里土司的领地，在扎西首领的地盘上，一定有更高的雪山。

我一定会发现一座更高的雪山！那时，全世界都知道洛克博士是谁了。那时候，《国家地理》杂志的从没离开过华盛顿办公室的编辑就不敢再对我的探险文章吹毛求疵了！所以，我必须来木里，再经过木里去到扎西首领的地盘，去看那些雪山。"

木里土司没有像其他人那样显出惊讶的神情，他还是很平静。他端起酥油茶碗，示意洛克也端起茶碗："我的朋友，它们是圣洁的神山，那些雪山的确很高，但我们从来没有想过这些山到底有多高。这个不用人来操心，神想叫它有多高，它们就有多高。"

洛克说："要是真有神灵住在山上，我倒愿意跟他们谈谈，不过，我是一个虔诚的基督徒，我只向上帝祈祷。"

## 五十三　客房

洛克在木里土司的客房里写他寄不出去的信：

"上帝，我来到木里了。这是一个封闭的小地方，两万多人丁，八千平方英里的高山峡谷，十几座寺院，几十名武装卫队，首领是一个喇嘛。他不了解这个世界，这个世界也不了解这个保守的小地方。他还没有看到自己终日念诵的经文与咒语显现出法力，当然，他相信终于有一天，那些神秘超凡的力量会显现出来，把苦难的人间变成天堂。上帝，感谢您，让我作为第一个西方人来到这个奇妙之地。"

信中的文字变成旁白，洛克走出土司府，到寺院中参观。

## 五十四　木里大寺

洛克观看并拍摄寺院驱魔的神舞。

他在拍摄木里人的各种形象。管家。活佛。带兵官。戴着木枷的囚犯。穿上了本地服装的自己。拍摄木里大寺那几层楼高的强巴佛像。

身材高大的木里土司坐在土司府大门前,由他拍摄。

木里土司又吩咐人牵来他盛装的坐骑,示意洛克拍摄它。他说:"也许,等我灵魂转世的时候,今世今生的事情都会忘记。但有一天我回来,我会通过这些照片想起点儿什么。您拍下这些照片,也是为了下一世回来时,会想起些什么吗?"

"我死后,不会再回来,我们去上帝那里。"

"那您为什么要拍摄这些照片,还要去拍摄雪山?"

"为了发现更宽广的世界。"洛克见木里土司对他这话并没有什么反应,又说道,"我还要去寻找,看看雪山中有没有一个和谐平静的香格里拉。"

"哦，香格里拉，等这个世界上所有的人都变得好了，不贪婪，不多疑，不残酷，佛才会把此胜地降到人间。"

洛克一边收拾相机，一边说："是的，残酷；是的，多疑；是的，贪婪……是的，这个胜地不在人间。"

洛克的画外音："哦，上帝，您知道我高傲的内心是多么轻视这个肥胖的王。忧心忡忡的，对自己的手下，对外部世界永远充满疑惧的王。哦，上帝，是您的仁慈让我的轻蔑转化成了深刻的同情。"

靠别人帮忙，木里土司才爬上他装饰华丽的马背："好了，我们出发吧。"

## 五十五　乡间与渡口

马队穿过山坡上的麦田。

见到木里土司的出现，地里劳作的百姓小跑着来到路边，趴在路上，他们抬脸偷看木里土司和他身边的外国人，当木里土司和洛克的眼光投向他们，他们都垂下双目，吐出了舌头表示恭敬。

马队从高山下到了峡谷。对着陡峭山谷中湍急的河流，木里土司对洛克说："高山，加上这些河流，让外面的人不能轻易进入我的领地。"

一个渡口。一条渡船连接在横过河面的一根铁索上。船的来往不是靠桨，而是靠两岸的绳索拉动。河岸上，是石头垒砌的碉堡式房屋。几个衣衫褴褛的人被从房子里赶出来。他们都在惊恐地颤抖。

木里土司对着这些人缓缓摇头。

他对洛克说："我一直在努力保护我的百姓，让他们不被外人打扰。我也不想他们去到外面的世界冒险犯难。可总是有人违反我的禁令。"

洛克:"什么禁令?"

木里土司:"从我前几代祖先,就规定任何人不得离开木里领地三天以上。但总是有人违反这条禁令。"

木里土司的神情甚至显得有些悲伤:"这让我不得不处罚他们。要是人人都像他们,这片土地就不得安宁了。"

"您要怎样处罚他们?"

"他们必须和他们的家人分开,他们既然对外面世界充满好奇,那么……"木里土司用马鞭轻轻敲打着皮靴,转向那些人犯,"你们不再是我木里的子民了。"

这些人被推到了船上,有人拉动绳索,船移动,滑向对岸。船上,岸上,骨肉分离的人们哭声四起。

洛克开口了:"有时候,主子也可以用原谅显示他的仁慈。"

木里土司:"我听您的侍卫说,去华盛顿要坐很久很久的船。"

"几十天吧。"

木里土司说:"美国人真了不起,几十天?那得要多长的绳子才能把船拉到对岸。"

洛克觉得他无法回答清楚问题，没有开口说话。

木里土司说："走吧，我不喜欢河谷，这些地方实在是太炎热了。我还是喜欢住在高处的凉爽地方。"

那些被驱逐的人们的家人在哭泣，那些被驱逐的人正从河对岸一步三回头，爬上对面的山坡。

## 五十六　寸冬海子

下午时分，洛克勒马在山梁上，几公里长的蔚蓝湖水在高原浅丘间闪闪发光。秋草如金。天上的云团在草海间这里一团那里一团投下朵朵阴凉。云影移动变幻，水色天光，美丽非凡。

湖岸边早已搭起了好几顶帐篷。

洛克回头，木里土司和他的随从们还在后面很远的地方。

过了很长时间，木里土司才骑马赶到。他高大肥胖的身躯对于座下马来说，真是过于沉重了。尽管这样，他也没有下马。骑在马上的他反而气喘吁吁。他对洛克说："凡是有重要的客人，我都要请到这里来。我领地上最美丽的地方。"

虽然木里土司搭了那么多待客的帐篷，洛克仍然坚持搭起他自己的帐篷。他监督着侍卫们架好床、桌子，甚至摆好了那只折叠式的浴缸。

木里土司流露出不快:"我为您准备的帐篷不够漂亮?"

洛克对他说:"因为我想在自己的帐篷里招待您,感谢您对我盛情的招待。我想请您吃一顿美国饭。"

木里土司笑了,转身对管家说:"你看,在木里也能吃到美国饭。"

洛克说:"等我的照片和文章发表了,更多的人知道了木里,您还能在这里吃到法国饭、英国饭,说不定还有俄国饭。"

木里土司说:"俄国饭?"

洛克对管家说:"我想,木里王应该先回自己的帐篷休息一阵。"

## 五十七　洛克帐篷　夜

帐篷中央悬挂着明亮的瓦斯灯。

尽管这样,餐桌旁中央还是放上了烛台,点燃了蜡烛。

洛克担心折叠椅承受不了木里土司的体重。他吩咐在客位上摆上一只标本箱,在上面铺上了一张豹皮。

和才把木里土司请来了。

木里土司身后跟着形影不离的管家。

洛克对和才挥挥手。

和才转身对管家说:"我们出去吧。"

管家不愿意:"我家老爷听不懂……"

洛克笑笑,指指厨师:"他能帮助我们听懂彼此的话。"

厨师躬躬腰,用藏语对木里土司说:"乐意效劳。"

木里土司有些吃惊,洛克又挥挥手,和才带着管家出去了。

洛克说:"香槟。"

厨师为两个人斟上香槟。

洛克举起杯子，对着灯光晃动。木里土司也学他的样端起杯子，灯光透耀下，杯中液体上一串串气泡不断上升，不断上升。木里土司禁不住问："这些泡泡从哪里来的？"

洛克举起杯子一饮而尽说："从美国来的。"

木里土司也一饮而尽，然后，他打了一个嗝，他还不忘说了句笑话："它们想从我胃里出来，它们想回美国去吗？"

洛克大笑。

木里土司也大笑。

洛克赞叹："美丽的夜晚。"

厨子把这话翻给木里土司。木里土司也说："美丽的夜晚。"

厨子收走了香槟杯，同时换上红酒杯，他翻回去的话是："他同意你的看法。"

洛克笑了："上菜。"

厨子上菜。

正餐招待木里土司的都是罐头。先是海鱼。然后是炖牛肉。再然后，是煨热了的豆子。

木里土司吃着牛肉，又提出一个问题："这些东西为什么没有坏掉?"

厨师递给他一个空罐头盒子。

木里土司笑了,用刀叉轻敲着这铁盒子:"要是我有这么些盒子,我吃的肉也不至于腐败,佛祖在上,我也不用不经意间吃下那些蛆虫了。"

洛克头也不抬:"以后,这些东西都会有的。"

"那么……"木里土司可能从来没有觉得有这么难于张口说话,"洛克先生,跟您一样的外面的人,为什么要弄出这么多新奇的东西?"

洛克叉起一块牛肉塞进嘴中,没有说话。

木里土司笨拙地学着洛克的样子使用着刀叉,他不想失去该有的礼仪。帐篷里陷入了一种沉思的气氛。当洛克放下刀叉,再次对他举起酒杯时,木里土司开口了:

"您看到了,我的人不会造反。我们家管理这个地方两百多年了。元朝的皇帝让我们管理这个地方。后来,明朝的清朝的皇帝也让我们继续管理这个地方。我要提防的是我的邻居。贡嘎岭的,还有泸沽湖的。"

"就这些?"

"就这些。"

洛克脸上露出他惯常的冷酷的表情:"还有省政府的刘军长,中华民国了,中国没有皇帝了,还有蒋介石总统。他们都不会让中国还有国中之国。"

"他们就想要金子,"木里土司放低了声音,"但我木里的金子不是随便就能得到的。"

他转换了话题,"明天我就去贡嘎岭了,无论如何我要感谢您的帮助。"

木里土司起身,说:"您要小心,扎西首领虽然同意您去看那些雪山,但他自己都说自己是个常常改变主意的人。"

木里土司走到帐篷门口时,洛克突然开口:"我估计不会遇上他。他正忙着追踪那块金子。"

木里土司回过身来,一脸诧异:"您怎么知道?"

洛克弯弯腰:"您的领地上什么都慢,但消息总是比风还快。"

## 五十八　泸沽湖　草海

泸沽湖草海的深潭上。胡军长被从云南逐出的军队正经过一条长长的木桥，穿过泸沽湖。

桥头上，军需官用马鞭敲打着靴筒，不满地盯着阿云山总管："粮食！粮食！"

阿云山弯着腰，低眉顺眼："您看我们这个穷得鸟不生蛋的地方……"

几个士兵正在芦苇丛中搜索，用枪上的刺刀拨开密集的草丛。枪刺所向之处，野鸭惊飞，士兵们从巢中捡拾野鸭蛋。见此情形，军需官笑了："鸟不生蛋，鸟生了那么多蛋。"

他们走在桥上，两门山炮横在面前。几个推炮前行的士兵累得瘫坐在地上。前面，有几乘战马。从那里跑来一个士兵。是一个传令兵。他在军需官面前打个立正："胡军长命令，面前大山阻隔，部队轻装前进，大炮交给当地土司看管！"

军需官转身看着阿云山:"可听见军长的命令了?"

"小的听见了。"

"有朝一日,老子回来时,找你要这些大炮!"

阿云山深深地弯下腰。

队伍又向前进发了。都走出去几步的军需官却又转过身来:"依你说来,木里出了大金块是真的了?"

阿云山:"听说是一个人背不动的大金子。"

## 五十九　夜　林间

刘家旺在山坡下守着那块金子。

夜暗下来，那块金子依然闪烁着比周围的树和石头更亮的光芒。但他对这块金子束手无策。

他用一些柳条缠住金块，但一往前拖动，那些柳条就绷散了。

刘家旺守着这块巨大的金子哭了起来。

然后，又饿又累的他抱着那块金子睡着了。

突然一阵响动把他惊醒。

他看见了两只鹿在下方的河谷中饮水。它们返回山坡时被刘家旺伏击。一声枪响后，一只鹿倒在了地上。枪声震荡山谷，格外响亮。他慌忙用草，用石头把那块金子掩藏起来，躲到了树林中。四野迅速恢复了宁静。星星闪烁在天上，河水在深谷中闪着幽微的光芒。

他从藏身处出来，用刺刀剥下那张鹿皮。

天亮时,他又开始在山间攀爬了,那张鹿皮已经让他做成了一个背囊,用来背负那块沉重的金子。

## 六十　山间道上

洛克的队伍又上路了。

几十匹骡马,十几位马夫,十几名卫士,还有木里土司派出的和他一样穿僧装的管家作向导。在木里地盘上时,这位自己就带着两名侍卫的管家威风凛凛,一路走在前面趾高气扬。沿途那些衣衫破旧、面孔脏污的百姓一见他都吐舌躬腰,即便这样,他还向那些胆敢抬眼看他一眼的人挥动着鞭子。

但当他们翻越过一个积雪的山口,从砾石滩上往下的时候,管家慢慢落在后面。洛克停下来等待他:"你的脸色怎么一下变得这么难看?"

管家托着腮帮,说:"牙齿。有颗牙齿总是常常跟我为难。"

洛克摇摇头,他沉迷于眼前连绵奇伟的地形。总管又更远地落在了队伍后面。

随着海拔的降低,灌木地带出现。那些犬牙交错的裸露着岩石的山峰落在了他们身后。风呼啸着，蓝色的天空下翻滚着被风撕扯推动的云团。地势开始变得平坦。旷野上都是伏地柏和小叶杜鹃的灌丛。还有巨大的冰川碛石，一直延伸到远处的天底下。在这个地段，两个纳西侍卫一前一后把洛克夹在中间。洛克示意他们停下马，等待落后的管家。管家慢慢赶上来，用手捂着腮帮。

总管呻吟着坐在了地上，脸上露出可怜巴巴的表情："我牙痛。洛克先生，我想回去，我得回去治我的牙齿。"

洛克冷冷一笑："我能治你的牙齿。"

侍卫把一只皮箱从骡子背上卸下来。打开箱子，箱子的一边分格装着一瓶瓶西药。另一边，是绷带、纱布、酒精、紫药水和一些闪闪发光的医用器具。洛克戴上白手套，拿起了一把钳子。他叫管家张开嘴，问他："哪一颗在折磨你？我们把它拔下来，看它还怎么作怪？"

管家张开嘴，当洛克的钳子伸向他的口腔时，他赶紧闭嘴，用手紧紧地捂住了嘴巴，含糊不清地说："我害怕。"

洛克笑了："朋友，是的，"他伸手指指背后山口上作为边界的乱石垒成的玛尼堆，上面风扯动着那些败了色的、破碎的经幡，"出了木里王的地盘了，你害怕了，不敢往前走了。"他伸出脚,啪一声关上了箱子,拉下脸。"木里王派你来,就是让你带着我们安全穿过扎西首领的地盘,走吧!"

管家无奈,苦着脸走在了前面。洛克挥挥手,队伍又缓缓地移动了。

道路缓缓下降,通向下面的山谷。还是在一片荒凉的旷野中蜿蜒。大大小小的砾石,中间点缀着伏地柏和小叶杜鹃树丛。

警惕的和才突然作出一个停止前进的手势。

人们马上停下脚步,只有驮着东西的牲口还在继续前进。侍卫突然对着一块砾石开了一枪。又开了一枪。枪声在空旷的山间激荡。

砾石后面伸出一个伞状物。有人呼喊:"信使!我是信使!扎西首领的信使。"

砾石后面站起来的不像信使,而是一个游方僧人。长发。那个伞状物,是一只可以旋转的经幢。游方僧人赤着脚,衣衫褴褛,手里有些吃力地摇动着那个经幢向着他们走来。侍卫奔向他隐身的砾石,拿回来一副短短的弓弩,还有一支箭。箭递到了洛克手中。箭杆的前端不是锋利的箭镞，而是一个小小的皮囊。打开里面是一个小纸卷。洛克把纸卷打开，上面是藏文。管家从洛克手中接过那纸卷。

管家念出了纸条上的文字。

和才叫来了懂藏语的厨师。

厨师翻译总管的话："……不要那么着急地奔向一座雪山，而要对沿途的山神都表示崇敬。你们走得太快了一点儿。你们要早些扎下营帐，暴风雪就要来了。"

天上确实有乌云在聚集。

洛克挥挥手，队伍停下。

## 六十一　探险队营地

营地还没有完全扎好，暴风雪就来临了。其他人还在忙碌，洛克已经窝在行军床上，听着风雪的呼啸声，天还没有黑，但光线昏暗。他在摇晃的提灯下记他的日记。

"今天，我们走出了木里王的领地。那个威风八面的管家畏缩不前。我也感到紧张。要把这些情绪描述为恐惧也未尝不可。在这些地区的行程总是有这种情绪伴随。明天我要督促队伍加快行程。我不想让这深山里野蛮的匪首对我颐指气使。这个扎西首领必须知道，他不能对我，一个美国探险家随意发布指令。"

临时的营地已经建好，帐篷里燃起了火堆。

那个游方僧人悄悄给了总管又一封信，信上说："带着这个不信神的美国人转个圈子，金子要来了，我要看看他到底爱不爱金子。"

和才进到洛克的帐篷，他说："洛克博士，从今天早上起，就有个消息在队伍中流传，不知您有没有听到一点儿。"

洛克:"一个消息?你们这些人总是相信流言。"

"关于那块大金子……"

"早上听到现在才报告?"

"我刚听到,我的人报告我的,我马上就来报告了。"

"和才,这里没有你的人,你们所有人都是我花钱雇来的,记住,所有人都是我的雇员,都是我的人!"

和才:"我只是说,他们都是纳西人,你知道他们都是我带出来的。他们说,那个信使也是为金子来的。"

"我很满意你注意到了这个。但要记住,我们不是为金子来的。"

## 六十二　山中茅店

山下的村子。

位于村尾的店老板望见了山上洛克探险队宿营地的灯火。

他对老婆说:"这支驮队很张扬啊!"

老婆:"这年头,少管闲事,快关了门,客人都歇下了。"

夜半,山风呼啸。

住店的刘家旺醒来。那块鹿皮包裹着的大金块就放在他的身边。他睡得很警觉,当隔壁响起店主夫妇行夫妻之事的床的吱嘎声、呻吟声,他惊醒了。第一反应就是紧紧抱住那金块。他听出了那声音,身子也随即松弛下来。他脸上露出了梦幻般的笑容。不久,那声音平息,猛烈的鼾声随即响了起来。

刘家旺再也睡不着,悄然起身。他从冷锅里抓起几把玉米饭塞到口中,轻轻把门打开。木门咿呀作响。

他来到院子中，看见了树上吊着一杆秤。

他本已走到了院门口，但那杆秤让他又回到了院子里。

他放下背上的金子，他太想知道这块金子的分量了。他努力想把金块挂到秤钩上，但金块实在是太沉重了。三番两次，金子都在马上就要挂上秤钩时，沉重地落在了地上，发出沉闷的声响。他侧耳倾听，店主夫妇似乎并未被惊醒。终于，他哼哼着，把金子挂上了秤钩。他在秤杆上滑动着秤砣。这时，他背上被重重一击，倒在了地上。他是被女店主用一根棍子击倒的。店主提着一柄寒光闪闪的斧子站在他面前。

他说："店家，留我一条性命，"他扒开鹿皮，露出里面的东西，"我分金子给你们。"

店家取来灯，照着那金块，脸却朝着女人："怎么分？一家一半？"

女店主说："一半太多了，我怕背不动。"

男店主："是，这情形，走不快可不是什么好事，那就三七分。"说着，就对着金子举起了斧头。

刘家旺躺在地上呻吟："你倒是先称一称啊！"

村子里响起了狗吠声，但很快又停下来。

店主放下利斧，狞笑着对他老婆说："他想知道金子有多重。"

女店主说："我也想知道。难道你不想？"

店主开始称金子。称了，却看不见秤杆上的星。女店主回店里掌起一盏油灯，这回看清楚了："妈呀，六十四斤！"

刘家旺嘴里发出弄不清是哭还是笑的声音。

男店主再次对着金块举起了斧子，一下下劈去。斧子每劈一下，刘家旺都要心痛地呻吟一声。

金子劈开了，刘家旺说："我该要大的一半。"

店主夫妇并不理会他。他们用麻布把分开的金块裹好，绑到两副背夫专用的背夹上，把金子背上了身。

刘家旺哭了起来："我只要小的一半。"

男店主提起斧头，对着他的腿劈了下去。刘家旺一声惨叫，村里的狗再次狂吠起来，但除此之外，并没有什么动静。

男店主说："对不起客官了，送上门的金子我不能不要。这店送给你，你就留在这店里，等下一个有这么多金子的人来吧。当年，我就是在这个店里被店主抢了金子，留在这里的。整整十年，我终于等到这一天了。"

看着店主夫妇背着一分为二的金块出了门，刘家旺抱着伤腿昏过去了。

## 六十三　山中道上

洛克的队伍又在路上了。

那个游方僧一直跟在队伍后面。

管家似乎也恢复了活力，一直走在队伍前面。

洛克看看那个游方僧对和才说："让他跟着吧，看来扎西首领很想知道我们这一路在干些什么。"

不久，队伍停下来，来到了一个岔路口，大路通向更深的山谷，一条崎岖的小路通向另一座高耸的山峰。洛克驱马前行，来到了队伍前面。管家见洛克赶上来，便迈步走向了那条小路。洛克不理会他。抬手阻止了要相跟而上的骡马队。他把手指向了那条大路："我们走这边。"

管家苦着脸站在路边，见游方僧跟上来，对他笑笑："这位洋大人是个自以为是的家伙。"

队伍走出一阵后，管家又苦着脸跟了上来。

游方僧依然远远地落在队伍后面。

每当管家要赶上时，洛克便催马跑出一段。终于，一个小小的斜挂在山坡上的村庄出现在眼前。村庄四周，靠着森林地带，有一些庄稼地。望见洛克的骡马队，正在地里劳作的人，都飞奔回到村里。

## 六十四　村中茅店

跑回村中的人把所有活物都关进了家里，紧掩门户。村庄立即变得死一般寂静。

洛克的队伍进村了。

侍卫和马夫们都端着枪，对着那些紧掩的门和小小的窗户。然后，他们听到了一个人绝望的哭泣。哭声来自一个敞开大门的院子。那是刘家旺躺在院子里伤心哭泣。他的哭声像是歌唱："天哪，天哪，老天爷不开眼哪！金子！我的金子，我的命啊！"

他看了一眼站在院门口的洛克和他的侍卫，又哭了起来："老天爷，你要么不要开眼，你开了眼就不要再闭上啊，老天爷呀，你太狠心了。"

洛克面带鄙屑，对和才说："你们中国人，哭泣就像歌唱。"

和才脸上露出了不满的表情，说："老天爷就是上帝，你听过我这样哭过吗？"他转而对地上躺着的人，"不要哭得像个婆娘，发生了什么事情？"

一脸巨大悲伤的刘家旺抬眼看着两个俯身向他的人。

他看看洛克，看看和才，又看看洛克，突然狰狞地笑了："也是为金子来的吧，你们来晚了，你们来晚了！"

洛克用脚尖轻轻碰了碰那个人的身体，说："这个人分明是埋怨神明，信仰不坚定的人才会这样埋怨。"

刘家旺止住了哭声，用绝望的眼神看着和才："他是老天爷吗？"

和才说："他是洛克博士，我的主人，不是老天爷。"

那人又哭起来："老天爷，我的金子呀！"

洛克又踢了他一下，他马上止住了哭声。

和才问："金子怎么了？"

"我就是想知道金子到底有多少重。"

"有多重？"

刘家旺指了指院子里的那杆秤和地上的斧子，又昏过去了。

洛克脸上露出了悲悯的神情，他俯身察看，这个人的腿骨没有伤着，但肌腱完全被砍断了。他叫人从骡背上取来药箱，替这人伤口消毒，包扎的时候，他不再是那个高高在上优越感十足的家伙了，他变了一个人：轻柔的动作，善良的眼神。

洛克的画外音："亲爱的上帝，这些被命运无情拨弄的人！"

和才催促洛克："我们该赶路了。"

洛克抬起头来："你也想去追赶那金子，你也在做发财梦？"

洛克又转头问立在一旁的厨师："你也想那金子吗？"

厨师推开店里的厨房门，朝里张望："好不容易遇到了个锅灶齐全的店，我可以好好做顿饭。"

和才对厨师说："在美国，一块十多斤重的金子，他们就放在博物馆里。这块金子肯定大多了！发现最高的雪山是创造纪录，发现最重的金子也是纪录。"

洛克说："我不惦记那金子，我们所有人都不能惦记。走吧，看来只好留下这个人在这儿听天由命了。"

## 六十五　山间道上

队伍在山间行进。

洛克看着周围的山势起了疑心。他勒住马,停下。整个队伍也随之停下。他拿出前两天手绘的地图,山峰,灰白色花岗岩的宽谷,溪流。他沉着脸对和才伸出手:"指南针。"

不等和才把指南针递到他手上,他就伸手夺过来。随即,他愤怒地大叫起来:"叫管家来!"

口令传到后面,一个侍卫把管家领到了洛克面前。与此同时,那个游方僧趁机脱离了队伍,消失不见了。

洛克愤怒了:"你为什么要带我们走远路!"

管家笑了:"我走了正确的路,你不相信我。那条小路上近路,你选了绕远的大路。不过,走这条路也好,我们也许会见到世界上最大的金子。"

洛克更加愤怒了:"金子!木里王不要我来木里,怕我要他的金子!扎西首领不要我去看雪山,怕我是来寻找金子！我不想见到该死的金子。我宁愿这块土地上没有一粒金子。黄金！黄金！黄金之国！上帝，你看看，这是一个什么样的黄金之国！你看看这些邪魔附体的人！"

和才很平静："我觉得洛克博士能发现世界上最大的金块也很了不起。"

厨师也来掺和："是啊，那么大的金子，看一眼也是莫大的福气啊。"

洛克举起鞭子："队伍调头，回到那条小路上去！"

和才很冷静："如果回到那条小路上，今天肯定翻不过山去，不如……"

洛克下马，坐在路边，一脸无可奈何的神情。

## 六十六　山中　夜

胡军长一个加强连的先遣队在急行军。

扎西首领的匪帮聚集在一道悬崖下的浅洞中，洞前有乱石垒起的矮石墙。石墙上靠着步枪，还有机关枪。

下方百多米的河上的伸臂桥。

那个游方僧正在岩洞中向扎西首领报告。

那对夫妇背着金子在山路上急行。背上的金子太让他们兴奋了。男人气喘吁吁地对女人说："停一脚，让我看看。"

女人也说："转过来，也让我看看。"

两个人互相看过背上的金子，都忍不住笑出声来："我们发财了。"

"老天爷，真的是发财了呀！你丈夫抢走了我两斤金子，我等了十年，变成了六十斤金子！"

## 六十七　营帐中

洛克在帐篷里虚弱地呻吟。

黑暗里传来他祈祷的声音："上帝，这回我真的是在呼唤你，请求你的指引。这块贫穷的土地上的人有的疯狂了，为了一块巨大的黄金。暗算，背叛，残忍，贪婪，罪恶在等待爆发。我的喇嘛向导，还有跟随我多年的侍卫，他们正在把我引向一个罪恶的陷阱。上帝，请你给我正确的指引。指引我不要迷失方向，使软弱的人意志坚强。上帝，请让我知道，我是该爱这片土地，还是恨这片土地……"

早晨，山间的宿营地。凄风冷雪，雾气迷离。

队伍已经装好了驮子，准备好出发了。洛克还躺在床上。他的胃病、牙病一起发作了。和才和两个侍卫立在他的床前。他无力而厌倦地挥手："让我静一静。"

和才说："我们不放心。"

"我说了，请你们出去！"

和才带着两个侍卫出去了。帐篷里只剩下了洛克一个人。他放松了身体,呻吟出声。

帐篷外,厨师对和才说:"洛克博士带你去过美国,美国真的很好吗?"

和才有些自得:"那些好我都说不出来。说出来了你也不懂。"

"那他为什么到这种穷地方来?"

和才想了想,说:"他爱出名。"

"出名?"

和才点点头。

这时,穿戴整齐的洛克出现在帐篷门口。

## 六十八　伸臂桥头

队伍又上路了。

中午时分,乌云散去,天顶露出了阳光。随着积雪融化,山路变得泥泞不堪。道路一直向下,山野又明亮起来。

洛克停下脚步,对和才说:"叫管家!"

管家来了,一脸笑容。

洛克:"我们去雪山,应该往上,不是往下。"

管家:"往下,对,往下,过了河,然后往上,再有一天,最多两天,我们就到了。"

"你保证?"

"您就放心走吧。"

山谷中,一道伸臂桥出现在眼前。路边的树丛中,藏着背金子的夫妇,看着洛克的队伍气势张扬地过去了。

接近桥头的时候,洛克挥手叫队伍停下。侍卫和马夫们都端起枪,子弹上膛。洛克用望远镜观察那个正对着桥梁的山洞。他看到了石墙,却看不到埋伏在墙后的土匪,只看见洞中升起淡淡的青烟。镜头下降，他看到燃烧的三石灶，灶上的煮茶的锅。镜头移动，他看到了几个坐在火边的人。他们转过脸来，朝向他，似乎在看他。

洛克倒吸了一口气，镜头转向桥面。桥面上空空荡荡，桥下的河水浪花飞溅。

洛克挥手，和才带着几个侍卫上来，把洛克围在中间，组成一个方阵向着桥头进发。当他们走到那山洞下面时，洛克让所有人都把枪口指向那个悬崖下的山洞和山洞前可做掩体的矮墙。继而矮墙后也现出了人头和一支支枪管。和才试图让洛克伏下身子，但洛克不肯，更加挺直了腰身："告诉他们我是谁！"

洛克把和才推到前面："告诉他们我是谁！"

和才把双手做成喇叭状："请问上面是哪一路好汉！"

上面静悄悄没有回答。

和才挥舞着洛克那面三角形的令旗："我们是美国来的洛克博士的探险队，木里土司的朋友，扎西首领同意我们借道去看日松贡布的三座雪山。"

上面矮墙后，还是没有一点儿声息。

洛克对和才耳语两句，和才又开始喊话："洛克博士说了，我们只是路过贵方的宝地，我们不是为金子来的！"

矮墙后的人举起一个上面吊缀着许多饰物的经幢，这是他们都熟悉的那个游方僧手里的东西。经幢无声地摇晃，向着桥头的方向。

一切都带着某种诡异恐怖的气氛。

洛克摘下他的船形盔帽，用手巾擦去内沿上的汗水。他复又把帽子戴上，并问和才："戴端正了吗？"

和才长吁口气，重新把枪端在手里："很端正，洛克先生。"

"真的很端正。"

和才没有说话，挥挥手，示意队伍前进，而他带着卫士们毫不松懈地向着岩洞方向警戒。队伍终于上桥了，终于有领头的骡子走上了对岸的山路。和才的队伍真是训练有素，他挥挥手，一组人跑下山道，在不远处停下，把枪齐齐指向岩洞前那道矮墙，和才这才带着剩下的人飞快地跑下山道。

和才说："他们在等传说中的大金子！"

"那我们更得赶快离开。"

"您都说了，我们训练有素……"

"那也比不得他们人多势众,"洛克脸上又显露出高傲的神情,"我是美国探险家,不参与中国人的内斗,不管是为了权力,还是为了金子。走!"

这一切,都被藏在半山腰的那对店主夫妇看在眼里,他们钻出隐身的树丛,背着金子往回走。

胡军长的分队正在山间急进,很快就要跟他们迎头碰上。

## 六十九　伸臂桥上

探险队急急地从桥上通过。

原来空无一人的桥上，突然出现了一个人。

他就是那个走漏发现大金块消息给木里土司和扎西首领的李有财。现在，他的一身旧军装更加脏污破烂，颈上还套着一个木枷，靠在桥栏上痛苦地呻吟，半边脸上满是鲜血。洛克惊得退后了几步。

李有财对洛克请求："救命，洋人菩萨，救命！"

他手里拿着一只耳朵，这更让洛克感到惊恐："他们割了我的耳朵。他们说我的消息是假的。"

"什么消息是假的？"

"不是假的，金厂真的出了大金子，一个人都背不动的大金子！"

洛克松了一口气："你真的看见了。"

"真的看见了，"他指着管家，"他认识我，是我向木里土司报告矿上出了大金子。"

洛克看看管家。

管家点头。

李有财还在央求:"洋大人啊,扎西首领等了几天,没有等到金子,就说消息是假的。"

洛克看着和才和厨子:"看见了吧,这是第二个见过金子的人。第一个断了腿,这一个没了耳朵。"

洛克蹲在这个一脸血污的人面前,替他消毒,包扎:"找不到金子就割了你耳朵?"

李有财脸上浮现出惊恐的神情。洛克也感到背上一阵凉意,一个人影遮住了落在他身上的阳光。

他回头,看见一个身材高大的人向他微笑。

这个人他在泸沽湖边见过。

就是那个要了他怀表,用刀撬下自己的金牙的家伙。他对着洛克咧开嘴,那里又镶上了闪闪发光的金牙。他还用手指轻叩着自己的牙齿。

洛克站起身来,努力让脸上露出了笑容:"你是扎西首领的人?"

"我就是扎西首领。这里还会流更多的血,是的,为了金子。你说你不爱金子,这话听起来像真的,你最好赶紧离开。"

"那你为什么,"洛克指指管家,"指使他让我走错路。"

"我就是想看看,你这个洋人是不是真的不要金子。现在,金子要来了,你要是真要看雪山,找野花,那你就离开。过了桥,上山,那里的道路通往日松贡布。"

扎西首领说完这句话,离开桥往那道矮墙后的山洞里走。洛克看出来,这个人腿有点儿瘸,但这行走的姿势反倒带出一种凶狠的意味。

掉了一只耳朵的李有财靠在桥栏上呻吟。

洛克替他包扎伤口,扎西首领回身作出一个威胁的手势,厨师说:"走吧,洛克博士。"

他们身后,木里土司派出的管家跑出队伍,奔向了那道矮墙。

## 七十　山野台地

过了桥，道路从河谷中蜿蜒着上升。

山坡陡峭，对岸的山坡就壁立在面前。

在一个台地上，洛克的队伍停下来午餐。驮东西的骡子嘴上都套上了装满豆子的口袋。骡子们停在路上，错动着牙槽，咀嚼那些豆子。

三石灶上烧开了一锅热茶，马夫和侍卫们就着热茶啃着手中干硬的饼子。厨师给洛克端来了热腾腾的咖啡。

对面山坡上响起了枪声。正在吃东西的人们下意识地都端起枪来。但他们听清楚了，枪声是在对岸山上。他们望见了胡军长分队的人正在追赶金店夫妇。那对背着金子的夫妇正在跌跌撞撞地向着那座桥奔逃。

那对夫妇跑下了山坡，从他们视野里消失了。

那支国军队伍也跟着追下了山坡，从他们眼前消失了。

洛克泼掉杯中没喝完的咖啡，催促他的队伍快点儿离开这是非之地。

他们身后，沉寂片刻的河谷响起了更激烈的枪声。

## 七十一　伸臂桥头

山谷中，金店夫妇快被胡军长的队伍追上时，那个游方僧从矮墙后站起身来，大叫："金子，金子来了！"他冲到扎西首领跟前，"就是这两个人偷走了金子！"

扎西首领说："他们跑不了，把对面那些家伙给我干掉！"

扎西首领的手下，从那道矮墙后面开枪了。冲在前面的士兵有的歪着身子倒在路边，有的直接滚下了山坡，落在了河中。那边迅速架起了机枪，密集的枪弹横扫过来，打得矮墙后面的人抬不起头来。这对陷入绝望的夫妇看到了希望，跌跌撞撞地跑到了桥上。那个男人还在催促女人："天不绝我，天无绝人之路，快跑，快跑！"

女人也在挣扎着前行，她说："你没杀死那个人，老天爷看见我们行善积德了。"

山上的机枪调转了方向，向着桥上扫来。子弹打到他们背上，金屑四溅，钻进身体的子弹发出沉闷的声响。两个人都重重地扑倒在桥上。鲜血在惨白的木头上洇开。他们背上，沉重的金块被子弹击破的地方，闪烁着耀眼的光泽。

倚在桥栏上的李有财带着一脸血污笑了："跑不了的，跑不了的，谁也跑不了的。"

在这个空当中，矮墙后的火力又猛烈起来。

## 七十二　山中寺院

背后争夺金子的枪声拖慢了队伍前进的步伐。巨大的金子，使得洛克的手下人不再像平常那样对他言听计从了。

前方，密林掩映中，出现了一座佛塔隐约的影子。

一座寺院出现在眼前。这是一座凋敝的寺院，走到跟前，还没有出现一个人。这里正是扎西首领的巢穴之一。寺院寂静无声，这种诡异的气氛令人担心。洛克挥手让大家赶紧通过。但在寺院前面，人们都停了下来。马夫们停下了脚步，牲口们也立时停了下来。

不等洛克命令，几个侍卫便持枪进了院子。然后，回头作出一切平安的手势。

和才说："就在这里住宿一晚吧。"

洛克一屁股坐在院子的石阶上面。这时，他看到一个浑身油垢、皮袍已经带着金属质感、像一尊塑像一样的人坐在他面前。他用靴尖轻轻触碰那人，那人眼皮动了一下，但都没有睁开眼睛，眼皮又垂下，又一动不动了。

和才来了:"博士,我们为你收拾了一间屋子。"

他指给和才:"这里有一个人。"

厨师见怪不怪:"我们一进来就看见他了。"

他们进到佛堂,满地垃圾,破靴子,破衣烂衫,零散的经卷,只有佛像前还燃着一盏盏灯。

侍卫带着洛克上了一道狭窄的楼梯,进到楼上的一间屋子。从屋子的窗口,可以看见远处的雪山。侍卫刚刚扫过房间。窄小窗口射进来的光线中尘土飞舞。侍卫已经铺好了床。洛克靴子都没脱,就躺在行军床上,他被沮丧的情绪控制住了。他对面的墙上画着隐约的神像。上面挂着蛛网,落满了灰尘。

看到他不满的神情,侍卫说:"我们已经扫干净了地面。要是全部都打扫干净……"

洛克挥挥手,侍卫退下。

新采集的植物标本也没有人来整理。洛克自己也懒得动手。

和才进来报告:"有两个马夫带枪跑了。"

"金子!传说中的金子!"洛克呻吟般地说,"如果你也记挂着那金子,你也一起走吧。走了,就不要再回来了。"

和才出去，听到洛克又发出了痛苦的呻吟。他回来，把药箱端到了洛克面前："博士，牙？还是胃？"

洛克虚弱至极："都痛，都要。"

和才取药的时候，他还在念叨："中华民国，华盛顿的先生们不知道的中华民国！"

和才侍候他吃下药片："博士你说你爱中国，但你总是在骂我们。"

洛克冷笑："现在，我恨这个地方！恨这个可怕的地方！恨你们这些可怜的人！"

和才还是柔声细语："那您都回美国了，为什么又回来！木里土司和扎西首领都不欢迎您，是您坚持要来，来了，对这里的人又轻蔑又害怕。"

洛克仰倒在床上："上帝！难道这些人不够愚昧无知，不够野蛮？跟了我这么多年，我教给你那么多文明人的习惯，带你到美国去看文明世界，现在，你却为这块土地上的野蛮辩护？"

"您也不能把我变成一个真正的美国人。有一天，您会离开，而我还是留在这个世界，这个你好奇但又厌恶的世界。我们这些人就是在这个世界里生活。"

洛克无言以对。

"要是我在一个美好的世界,就不会来这样的世界。就像是如果我在佛的极乐世界,就不会想到地狱里去。那我们回去吧,我也很担心,现在,我只想和我的家人待在一起。"

洛克说:"你很担心?我看你是害怕。"

"难道你不害怕?"

洛克再一次无言以对,他虚弱地说:"去,去叫厨师来。"

隔了好一阵子,厨师才出现:"博士,晚餐想吃点儿什么?"

洛克说:"你忘了说请,说请问。"

厨师说:"哦,今天有点儿不一样,请博士原谅。"

"今天有什么不一样?"

厨师说:"就是有点不一样。"

洛克追问:"哪里不一样?"

厨师说:"这个您肯定知道,您是老爷,我是下人。"

洛克说:"我没有胃口,给我一杯酒。一杯杜松子酒。"

厨师说:"要冰块吗?我看见庙子后面的阴凉处有冰。"厨师从箱子中取出一把餐刀。"等等,我去取点儿冰。"

洛克对着厨师的背影:"等等,我就遂了你们的愿,告诉和才,明天队伍休整一天。"

厨师停了停,没有说话,关上咿呀作响的门,走出去了。

洛克双手捧住脑袋:"上帝,为什么我如此软弱。为什么我要如此迁就他们?"

## 七十三　伸臂桥上　夜

晚上，四野寂静无声。

月亮从云层中钻出来，山影幢幢。

桥下，湍急的河水发出巨大的轰响。

那个血泊中的男人身体开始蠕动，开始缓慢地爬行。他去触碰女人，但那女人的身体早已僵硬了。

他挣扎着往前爬行。

李有财抱住了他的腿。

店主说："把她背上的金子取下来，我们一起走。"

李有财哭起来："走不了，谁都走不了。金子把所有想得到它的人都诅咒了。"

"我走不了。"他伸出脚，但昏黄的月光下，什么都看不清楚。他说："你为什么不早一点儿到，让扎西首领知道真的出了大金子。他说我撒谎，割了我耳朵，挑断了我的脚筋，我是哪里都去不了。"

店主说："那是活该，金子是秘密，谁让你四处张扬。"

店主挣扎着想站起身来，李有财爬过去，紧紧地把他的腿抱住："金子是我的，我得不到，也不会让别人从我眼前把它拿走。"

"我不是从你手里夺的，让我走。我和你往日无冤，近日无仇，求求你放我走。"

"朋友，要不了多久了，等等，天就要亮了，我们一起陪着金子死。"

那人还要说什么，李有财从腰间掏出一颗手榴弹，没怎么用力，往店主头上轻轻一敲，他就晕过去了。李有财哼哼着，那声音既痛楚又快意，他把两个人背上的金子解下来，弄到桥栏边，把那颗手榴弹塞在中间，然后，才蜷缩着身子在金子旁边躺下来。他哼哼着，用手一遍遍抚摸着金子闪光的部分。

## 七十四　伸臂桥上　白天

胡军长的队伍几次发起冲击，每次除了付出几条生命外，都没有任何进展。

扎西首领的队伍想冲出岩洞，夺走桥上的金子，也被猛烈的机枪火力打了回去。矮墙下留下了几具歪倒的尸体。

山间又安静下来，只剩下桥下的河水汹涌地喧哗。

李有财说："我以为今天就了结了，看来还了结不了啊！"

店主说："那我们就等等，要死的人，也不在乎多活一天半天。"

桥的那一头，又多了两个探头探脑的人，那是洛克队伍中逃出来的两个马夫。其中一个试图偷偷靠近桥面，也被对岸的机枪打得身边岩屑飞溅，只好不甘地缩着身子退回去，和同伴一起紧伏在地上。

就这样，桥面上又沉静下来。

## 七十五　伸臂桥上　夜

天刚黑，月亮还没有出来。

浓重的山影更增加了黑暗。

胡军长的队伍行动了。他们悄悄爬向那道矮墙。其实，矮墙后的人早听到了他们摸索前行的动静。听到他们折断树枝的声音，听到他们触动了山坡上石头的声音。矮墙后的人悄然撤进了身后的山洞。当成排的手榴弹飞向那道矮墙，剧烈地爆炸时，他们都毫发无伤。爆炸过后，他们迅速潜出山洞，当胡军长的队伍直起腰来，发动冲锋时，枪声响起，领头的军官倒下，士兵们一个个倒下。

剩下的士兵拼命奔逃，有些跑向山上，有些跑向那座桥。扎西首领的手下显然更适应黑夜，适应这些崎岖险峻的山地。他们自如地奔跑，跳跃，射击，他们放过那些逃向山上的士兵，对那些逃向桥上的士兵猛烈追逐。枪声激荡。月亮正在升起来。人的声音甚至盖过了枪声。一边是扎西首领手下兴奋高亢的尖啸，一边是那些士兵惊恐的惨叫。

看到这情形，那两个藏在另一面山坡上的马夫也在缓缓地向前运动。

## 七十六　寺庙

月亮升起来，首先照亮了远处的雪山。

洛克站在窗前，凝望着雪山那迷人的光亮。

下面山谷中的枪声山鸣谷应，也隐约传到了这座深山中的庙宇。那些蒙尘的佛像脸上的表情依然如故。

身后的门咿呀一声。

那个塑像般在院子里打坐的人走进门来。洛克没有回头，问："是和才吗？"

那人出声了，但不是回应他，而是念诵着他所不懂的经文或神秘的咒语。

洛克回过身来，看见这个人端着一盏灯。他拂开那些神像前的蛛网，在神像前的供台上放下灯盏，照出了另一些空了的灯盏。他吹去其中的尘土，用小壶注上灯油，放上灯芯，一一点燃那些灯盏，祈祷的声音也大了起来。

那些灯都亮起来。洛克看出来，这不是通常的佛像。那是骑着白狮的表情愤怒的神像。

那人退出房间前,才看了洛克一眼。但那眼神,似乎洞穿他的身体,看着的是他背后的什么地方。而他背后什么都没有。是黑黝黝的墙,和墙上那个射进天光的小小窗户。

洛克问他:"他们是谁?"

那人不说话,倒退着出去,门又咿呀一声关上了。

这时,桥上一声猛烈的爆炸也传到了这里。在寺院背后的山壁上激起回声,往复回荡,又像一个滚雷消失了。有风从窗户上吹进来。神像前的灯苗摇晃起来,带着神像狰狞的表情也在不停变幻。

洛克终于叫起来:"和才!"

推门进来的是厨师:"请问博士有什么吩咐?"

"和才!"

厨师说:"他得大睁着眼睛看着那些马夫,防备他们逃跑。还有,他得为我们寻找一个新向导。"

"他听不见山下的人正在为了金子而彼此残杀吗?"

厨师又给他倒了一杯酒:"这回不是为金子,大家都害怕了。他们想回家。"

洛克:"把那些灯给我灭掉!"

厨师说:"万万不可!那是日松贡布雪山的山神!这座寺院已经五百年了。那个老僧说了,当初建寺的尊者预言过五百年后,这块土地上的灾难。"

洛克:"预言一块金子引得一群贪婪的人互相残杀,他们不过是些无足轻重的人,值得在五百年前就发出预言?"

厨师:"这只是个开始。如今,尊者预言的时限已经过了二十年,寺僧都散去了。这里曾是扎西首领的大本营,后来,他们也害怕,不住在这里了。只有这位老僧,要留下来告诉尊者,他五百年前的预言开始应验了。"看着洛克疑问的眼光:"那位老僧告诉我的。"

此时,崎岖的山道上,那位老僧拄着拐杖正在离开。

洛克:"他为什么单单告诉你?我以为他是个哑巴。"

"不,他不是哑巴,因为这些人中只有我懂得他的语言。您不懂,和才他们也不懂。"

洛克长吁一口气:"你下去吧。"

厨师:"我还是在这里陪着您吧。"

"你是说我害怕?"

厨师:"我想,也许您会开恩给我加一点儿工钱。"

洛克脸上出现了愤怒的表情:"为什么?"

厨师表情平静："您说过，您喜欢忠心耿耿的人。我想这个时候您需要对您忠心的人。"

洛克从衣袋里掏出一枚金币，抛向空中，厨师伸手在空中接住。

洛克脸上显出讥讽的笑容："也许，你是这些天来唯一得到一块真金的人。"

洛克又说："可是我藐视你。"

厨师："我们这支队伍，本来就没有您看得上的人。我算算洛克博士看得上的人：泸沽湖的永宁总管，木里土司，也许还加上一个和才，但您也不会把他们当成真正的朋友。"

"出去！"

"我知道您害怕，我愿意陪着您。"

"什么时候我跟一个仆人待在同一间屋子里过夜？"

厨师躬腰退出了房间。

洛克重新躺回床上。他从枕下抽出手枪握在手上。后来，灯盏的油燃尽了，火苗摇晃着，抽动着，最后熄灭。屋子里重新陷入了黑暗。洛克祈祷的声音大了起来。

## 七十七　伸臂桥头

周围的一切都安静下来。

桥头和桥上是那些死去的士兵，后面是那些拖着长长身影的扎西首领的手下。他们开始往桥上移动。桥上一个负伤的士兵还在往前爬行。他看到了月光辉映出的金块的光芒。他的手快够到金块的时候，背后又挨了一枪。这一枪是扎西首领开的。

李有财一点点撕扯开包着金子的麻布。金子闪烁出更大面积的光芒。

他对那店主说："你都没有好好看过它吧。"

那人不知什么时候已经断气。但他的脸还朝着金子的方向。他大睁着的眼睛还映出金子的光芒。扎西首领还对着两个马夫隐身的山坡开了一枪："看见了吧，金子是我的了！"

李有财拉燃了手榴弹的导火索："不是你的。"

扎西首领举起了枪："是我的！"

李有财笑了，虽然那笑容很难看："我告诉你有金子，你不相信，一个多疑的人得不到这样的金子！你也不该这样对我，一个狠心的人怎么能得到我的金子？"

扎西首领对着他当胸射出一枪。

李有财扑倒在金子上，身下冒着火光和青烟，他抬起脸来："你一辈子也抢不到这么多金子。"

扎西首领又对着李有财射出几枪。他的手下从后面上来，刚把他扑倒在地，手榴弹就轰然一声爆炸了。金子的碎屑绝大部分飞向桥下的河流。

扎西首领爬起来，用手拍击耳朵，同时发出大声的吼叫。

月光照着桥面上一些闪闪发光的金子的碎屑。

桥上的人们扑向那些金屑。

见此情形，山上残存的士兵们悄然踏上归路。

另一面山坡上的两个马夫却依然伏地不动。

桥上，扎西首领手下的人燃起火把，又把桥面搜索了一遍。他们甚至把那个没耳朵的人残留的躯体中溅进的金屑也掏了出来。他们还从那些死去的士兵那里得到了许多枪支。

他们结队呼啸着，循着洛克队伍的去路，乘夜而去。

## 七十八　寺院

黎明时分,扎西首领带着手下向着寺院呼啸而来。

他们一路发着啸叫,响着枪。

洛克从床上惊醒过来。他穿戴整齐,跑下楼,看见和才指挥着卫队和马夫们端着枪严阵以待。和才表情严峻:"也许我们要永远留在此地了。"

洛克脱下船形盔,用手巾擦去内沿的汗水。他对和才说:"好吧,恐惧、担忧都没有什么用处了。"

和才说:"你肯定听我们纳西人的东巴说过,命运神有时候化身喜鹊,有时候化身乌鸦。看来今天命运神化身成了乌鸦。"

"这倒是新鲜,你的神竟有如此多的化身,我的上帝却不让人看见。好吧,既然命运就是如此,那就让该来的都来吧。"

扎西首领手下的人正在逼近。

和才说:"我听说您昨晚有点儿害怕。"

洛克拿出手枪，打开了枪机："不是害怕，只是担忧，还有些虚弱。但是，现在……"

扎西首领的队伍不再啸叫，他们很有经验地散开，一步步向着这个破败的寺院逼近。

洛克问和才："你说他们得到那金子了吗？"

和才长吁一口气，拉开了枪栓，说："原来您也记挂着这东西。"

"我想要是他们得到了金子，心情会好一些。"

和才下达了准备射击的命令。

下面的队伍却停了下来。

有点儿瘸腿但长相英武的扎西首领，用手中枪逼着逃走的木里管家向寺院走来。

他就这样一言不发地推着总管来到了倾圮的庙门前，他先把总管推进了院子："没有向导，你们走不到日松贡布雪山跟前。"

他把枪插进了扎着长衫的腰带，面无惧色地走进了那个院子。他径直走到洛克面前，笑了："我一直都认识你，洛克博士。但你不知道我就是扎西首领。"

洛克怔住了，但他马上反应过来，颇为绅士地把手中的枪插回了枪套:"能认识一位名冠四方的英雄是我的荣幸。我要谢谢您准许我前往雪山。"

和才他们依然十分警惕,用枪对着下面的人群。扎西首领对这些人视而不见。

他只对洛克说话:"我相信了,您真的是不要金子。"他提高了声音。"没有一个人得到了金子,死了那么多人,没有人得到那块金子。我也没有得到,轰一声,那些金子就没有了。我该相信的,那么大的金子都是山神的财富,没有人能得到。人世间没有人有那么大福气能得到它,"他笑了,"那么多人都死了,但我活着!"

说完,他头也不回地走出庙门,回到了自己的队伍中,又是一阵尖啸,他的队伍就消失在山谷中了。

直到他们的身影完全消失,洛克才对和才说:"我们也该上路了,"他指了指管家,"让他走在前面。"

他又对厨师说:"你告诉这个胆小鬼,如果他逃跑,任何人都可以开枪。"

"可是……"

"放心!我想木里王喜欢的是一个威风八面的管家,而不是像他这样胆小如鼠。"

管家神情自若地面对洛克，像面对着木里土司一样："我要是不显出那种样子，您会自己选择错误的道路吗？现在，我听从您的差遣。"

## 七十九　雪山口

探险队整装出发,向着寺庙背后那个山口攀登。

山口在望的时候,起风了。先是起了薄薄的云雾,后来,雾气越来越浓重,四周的群山消失,眼前的山口也消失了。四处云遮雾绕。只有一条依稀的道路在眼前延伸,拉得长长的队伍也见首不见尾。

洛克下马步行。

和才在雾气中大声呼喊,让前面放慢脚步,让后面加快跟上。他这是在收拢队伍,以防有人在迷雾中走失方向。

洛克站下来,看一个个人、一匹匹牲口经过他的面前。前面发出惊慌的呼喊,雾中响起什么东西滚动的声音,随之还有砾石滑动流淌的声音。

和才跑来,向他报告:"一匹骡子踩失脚,滚下山去了。"

他们走到骡子失蹄的地方,陡峭的山坡下,云雾浓重,什么都看不见。

洛克:"这头骡子为什么没有人看管?!"

和才:"一个马夫看三头骡子,可是,我们跑了两个马夫。"

洛克:"骡子驮的什么东西?"

和才:"这一路新采集的标本。"

洛克松了一口气:"回去的路上一定要全部补上!"

和才又跑到前面去了。

厨师上来了。他牵着一头骡子的缰绳,控制着骡子的步子。

他对洛克说:"我怕它走得太猛,把您的酒和餐具颠碎了。"

洛克显然很满意,但他只是挥了挥手:"你开始变得饶舌了。"

浓雾中,他们越过了山口。山口上依然浓雾弥漫。他们只看得见风化的岩石,和被风吹散又聚集的雪。当脚下的路,变成了持续的下坡,他们才知道,已经越过了山口。

他们又走出一段路,管家出现在洛克身边:"到了,从这里就能看见日松贡布雪山。"

"那三座雪山就在对面?"洛克问管家。

管家没有理会。他已经俯下身子，对着不可见的雪山不停跪拜，起身、伏地、起身、伏地，口中念念有词地大声祈祷。

洛克看看表，对和才说："现在是下午三点。扎营吧。"

洛克又对厨师说："你去问管家，什么时候可以看见雪山？"

厨师说："这个我知道，有缘有福气的人才能看见。"

洛克："我叫你去问管家。"

管家停止了跪拜，跟着厨师来到洛克跟前："他说得对，有缘有福气的人才能看见。"

又湿又浓的雾气剧烈地上升，翻卷，成团成团嗖嗖地经过他们身边。

洛克："我不信佛，我信上帝，你说我就不能看见？"

管家："我已经把您带到贡嘎岭了，洛克先生。"

厨师说："天好像要晴了。"

## 八十　贡嘎岭营地

突然云开雾散。

头顶的天空一片湛蓝。

阳光照亮了他们所在的地方，和背后他们刚刚翻越的山口。岩石闪闪发光。稀疏的草木闪闪发光。和才和他的手下人手脚利落，已经卸完了驮子。

他们是在一个半山平台上，脚下是陡峭的悬崖。下面的深谷依然被浓雾笼罩。对面的雪山仍然隐藏在云雾中间。

和才："洛克博士，您可以休息一下。"

洛克说："不必了，看来我们真的是到达了。"

眼下的洛克又是那个自信的洛克了。

和才打开海拔测量仪："洛克博士，您看这里高度该是多少？"

洛克在翻看一片岩缝间植株的叶子，他头也不抬："三千五百米，误差正负五米。"

和才："三千五百零二米。"

洛克:"这是气压测量仪,今天气压低,减去压差,实际高度三千四百五十米!"

和才做出一个有些夸张的敬佩的表情。洛克见惯了他脸上这样的表情:"这些活我来干,你还是带着他们搭建营地吧。"

骡子四散在山坡上,由两个马夫看护着。

其余人都忙着搭建营地。洛克的帐篷,马夫们的两顶帐篷,侍卫们的两顶帐篷。

洛克用温度计测量温度,用方位仪测量方位。湿度计。把数据详加记录。

他架起了三脚架,放上相机。对准了对面的云雾中雪峰可能的所在之处。

云雾又起来了。这回是下面山谷里的云雾像是被谁翻搅,开始翻卷,涌动,上升。雾气重新笼罩了这片台地。后来,索性下起了雨。再后来,雨水变成了雨夹雪。营地又冷又湿。

## 八十一　帐篷里

洛克的帐篷里，明晃晃的瓦斯灯已经点燃。

侍卫在他跟前把采集的植物标本一一理顺，夹进内有吸水纸衬的标本夹，压紧，捆扎。

洛克坐在折叠椅上翻看那本我们熟悉已极的小说《大卫·科波菲尔》。他用英语念出的却是同一作者另一本小说那个著名的开头："这是一个最好的时代，这也是一个最坏的时代。"

几个侍卫互相眨眨眼，意思是：今天，他心情很好。

洛克把书扣在膝盖上："我想问你们一个问题。什么是最好的时代，什么又是最坏的时代？"

"我们不知道，洛克博士。"

洛克说："有我在，你们不必知道。"他又独自用英语嘀咕道："可怜的人，既然没有见过好时代，又怎么知道什么是坏时代。"

和才进来，他懂一点儿英语，他说："只见过乌鸦的人，也会期待喜鹊飞来。"

和才拿起一块雨布："洛克博士只拿回来相机，三脚架还淋在雨里。"

侍卫们说："博士带去过美国的人，就是比我们周到。"

洛克沉思着说："不能否认，他还是一个勇敢的人。你们也和他一样勇敢诚实。"

和才出了帐篷盖上三脚架再没有回来。

他和马夫们、侍卫们一起吃饭，一起饮酒。管家端着盛满食物的碗，热腾腾的食物冒着白烟。

洛克独自站在帐篷门口望着他的仆从们聚在一起的欢快场景，难免感到兴味索然。他心中的声音响起："上帝，我感到了一个自我在觉醒，这是我这个文明信使的成就。可是，如果他们每一个人都以这样的方式觉醒，发现自我，那我又如何让他们唯命是从呢？"

群山无言。

帐篷中，一些人已经熟睡，一些人还在交谈，还有侍卫正在雨中站岗。他们近旁，是一匹匹湿淋淋的马和骡子，在不停地嚼食。

洛克的画外音："上帝，我是不是应该感到骄傲，我压制了他们对于黄金的贪婪，使得他们的生命得以保全。上帝，我承认我至少是大半个无神论者，要是我还在华盛顿，在欧洲，我不会把这样的荣耀归于您的照拂。但在这样的蛮荒的化外之地，我是如此孤独无助，对于一个肉身凡胎的人，身体和意志的考验都到了极限。所以，我要求您的垂顾与怜悯。我感谢您。我已经到达了他们神秘的仙境的中心，只要您再慷慨地给我一个好天气，让这个地方的三座雪山，土著民的保护神在晴空下露出容颜。"

这时，雨停了，半山下迷雾笼罩；半山之上，突然月华如水。对面的三座雪山，排列在同一条山脉上，露出了金字塔般的山尖。

洛克却快要睡着了。书倒扣在胸前。

他的画外音还在继续："当然，您的恩泽无边，不需要派出那么多神去守卫每一座山。我，您的子民，将发现这些山，为您的世界增添更多奇异的景观。"

灯灭了。月光照进帐篷，照在洛克新绘的地图上。

那两个偷跑的马夫悄悄回来了。他们望了望美丽的雪山，轻轻地把枪架在伙伴们的枪旁边。钻进帐篷，裹上毯子，蜷缩起身体，发出非常放松的叹息。

黎明时分,洛克在做梦。

在华盛顿国家地理学会的会场上,他指着雪山的照片:"经过我反复的测量,我肯定我发现的是超过埃瑞斯峰的世界最高雪山!"

一个庄重的胡须苍白的老者西装齐楚,上来替他挂上一枚勋章。大厅里掌声雷动。照相机的闪光灯亮得晃眼。

床上的洛克脸上露出了得意的笑容。

这时,和才冲进了帐篷:"雪山,雪山出来了!"

洛克残梦未消,但他马上翻身起来。

## 八十二　日松贡布

冲出帐篷时，逼人的寒气使他禁不住打了个寒噤。他把相机装上三脚架，这才抬起头仔细打量眼前的景色。

天空那么干净，那样蔚蓝。

脚下的山谷，被一动不动的白云填满。峡谷对面，那道青色岩色的绵长山脉上，依次耸立起三座晶莹的雪山。洛克听见自己的声音在呼喊："日松贡布，住着三个保护神的雪山，我来了！"

这时，三座雪山带着幽幽的淡蓝色。

雪山上方，挂着一轮皎洁的月亮。

雪山的顶尖被东升的太阳照亮，变成了金黄色。洛克屏息静气，按动相机快门，他的手指在颤抖。

洛克的画外音："亲爱的编辑先生：今天，清晨，我漫长的、历经挫折与艰险的历程终于到达终点。这个地方与前面经过的那些地方是如此不同。这个地方如此洁净，神圣，超拔于中国西部悲苦的世界。这个地方同时被月光与日光所照耀，颂歌般庄严，洁净。尊敬的先生，这些信件至少还要半个月，才能寄出，但我现在就迫切地想告诉你们我面对的是怎样的一番胜景！是的，我真的来到了这个神秘世界的中央！当地土著人相信的世界的中央。这是三座美丽的雪山，当地人相信，这三座雪山都是佛教众神世界中三个法力强大的神灵的居所。他们的模样以雪山的形式向信众示现。这是佛教神灵的一个特点，根据我有限的知识，尘世中的受苦人都不知道这些神本身是怎样的形象。但相信他们会以人能感受到的神异，感受到的慈悲，感受到的恐惧，感受到的庄严的形象向人们示现。这里的三个佛教神是：仙乃日，央迈勇，夏诺多吉，在汉语里是观世音菩萨、文殊菩萨和金刚手菩萨。站在这些雪山面前，我也愿意相信当地藏人的说法，这里将是这个世界最后一个洁净之地。所有心有黑暗的人，他内心的幽暗会被照亮。所在身负罪恶的人，来到这里，他们的罪恶将被雪山的圣洁之光荡涤干净。所以，人们千辛万苦来到这里朝觐。"

在旁白中，洛克在着迷地拍摄三座雪山。

太阳升起来，半山腰里云海翻卷。但雪山，雪山背后的蓝色天空依然平静如初。

厨师对着雪山跪下了，磕起了五体投地的等身长头。管家也用相同的姿势跪拜。

马夫们和一些侍卫也跪下了。

"是的，这真是一种奇特的观念，所有身负罪恶——贪婪，软弱，放纵的人——相信，只要跪在雪山面前，呼唤那三个菩萨的名字，祈祷，请求，一切都会被轻易地洗清。对，我坚持用这个词，洗清，而不是我们基督教观念中的赦免。"

洛克拿着相机，和才和纳西侍卫扛着三脚架在岩石间跳跃，奔跑，不断变换机位，拍摄那三座雪山，雪山如玉的峰顶，中间坚硬的、灰色的、闪烁着金属光泽的岩石躯体，以及雪山下闪闪发光、凝固却又保持着流淌姿态的冰川。

直到云消雾散。

山下的深谷中现出墨黑的森林，明亮的草场，以及稀疏的村庄。

马夫和侍卫们兴奋期已过，他们坐在地上，双手抱着膝盖继续眺望着远处的雪山。

洛克依然忙着测量，描绘。

他的声音继续响起："先生们，当我的这些文字与图片到达你们的手中，我请求你们将它们发表在《国家地理》杂志上的时候，不要与那些什么畅游某座欧洲古城的文章安排在一起。我所经历的才是伟大的旅行！我的发现才是真正的发现！我请求单独安排最重要的位置！先生们，请你们不要惊讶，我要向你们报告的消息是，这些山峰同时也是迄今为止世界上最高的山峰！超过了埃瑞斯峰的高度！我用气压计，我用三角测量法，计算出三座雪山中最高的那一座，它的高度是两万多英尺！我会马上派人用最快的速度把测量数据送到有邮局的地方，把这封信发出。同时，我的侍从还会先发出电报，向你们报告这伟大的发现。"

## 八十三　帐篷中

洛克叫和才："叫两个兄弟来！"

和才带着两个收拾齐整的纳西侍卫，腰缠着子弹带，腰上插着短枪，身上斜背着美式卡宾枪来了。

洛克已回到了帐篷中，正在奋笔书写。他头也不回，说："你们两个赶紧准备好，到丽江或者昆明去发电报！"

他继续起草电报稿："约瑟夫·F. 洛克在中国四川云南两省交界处发现世界最高峰，藏语曰松贡布，汉语意为三怙主神山。"

他把电报稿装进一只信封，不放心，想了想，旋开手中的自来水笔，打开，把电报稿纸缠在内胆上，旋紧，别在一个侍卫胸前："千万不能打湿了。"

此时的洛克显得自得而从容，他又叫和才把积在信袋里的信都拿出来，摊开在桌上。他说："写给上帝的我留着，写给编辑先生的你们要马上寄走。"他用火漆把信封好，盖上他的中国式印章，吹得火漆凝固了，这才转身交代给两个纳西侍卫。

厨师给他们斟上了威士忌酒。

洛克端起杯子:"到丽江,对你们来说,就是回家,越快越好!告诉你们的父母和妻子,我说你们都是了不起的英雄!"

两个侍卫上路了,在山道上健步如飞,身影很快就消失了。

## 八十四　帐篷中

黑夜降临，天空中重又乌云密布，乌云掩去了三座雪峰，天空中雷声隆隆。

洛克在床上酣睡。另外的帐篷里，所有人都睡得很香。

只有厨师没睡，他在燃着的炉灶前盘腿坐着，一个人斟了一杯主人的威士忌，慢慢啜饮。

半夜里，重又云开雾散。

月光又照亮了那三座雪山，情景如梦如幻。

洛克醒来，他起身走到厨师身后。

厨师听到了动静。他没有回头，酒精和炉灶里的火映得他脸膛红彤彤的。他举了举杯子，说："我知道我同时违犯了两条禁令。"

现在，他的主人心情很好，也在炉灶前蹲下来，蹲在厨师跟前。难得的，在下人面前，他这样面容和善。

厨师看了看洛克："朝圣山时饮酒，不虔敬；偷喝主人的酒，不守规矩。"

"山神原不原谅你我不知道。因为那是你们的神,但只要你回答一个问题,"洛克自己也斟上一杯酒,"我就允许你再喝一杯。"

厨师笑笑:"博士也想了解我们这些人。了解一个您花钱雇来的厨子。您不是觉得对我们这些人来说,多给一些工钱就足够了吗?难道您不觉得,我们这些人不高兴的时候,不太想干活的时候,就是想要您加些工钱?是您的那些钱,终于把您送到了您想来到的地方。"

洛克的表情严肃起来:"每一个人都有一个故事。"

"我的故事,很简单。我以前是一个僧人,一个下等的僧人,专给一个活佛做饭。"他脸上露出讥讽的笑容。"老天爷,我喜欢这个工作,我吃过比别人更多的好东西,哪怕这些东西是主人吃过的残羹剩炙,但也把我吃成了一个胖子。我跟他去印度,去五台山,去北京。后来,我侍奉的活佛爱上了一个女人,他犯戒,失去威信,被放逐到丽江。我和那个女人跟着他。我跟着他学会了做汉人的饭菜,印度菜。再后来,他死了。"厨子并不打算继续他的故事。"再后来,我就遇到了您。学会了做牛排,沙拉,和给一个美国人当厨子的气派。当年,跟着活佛,是一种气派;

跟着您,又是不一样的气派。我知道,这一回去,您就要走了。可这些气派都不是我的。您们一走,我就什么都不是了。"

洛克没有说话。

厨子拒绝了洛克给他斟酒,他说:"洛克博士,您会带我去美国吗?"

"在美国您就不是一个好厨子了。我在这里一切都将就,在找不到好厨子的情形下,我才聘了你。"洛克从来都不怕让自己在这些人面前显得残酷,"也许我们在路上又会遇到另外的外国人。我可以把你介绍给他们。"

厨师带着酒意,摇晃着脑袋:"不,我想回家了。"

"就像和才他们一样回到家人身边。"

"我是想这样。可是,我三岁就去到了庙里,现在,我记不起家的样子了,我也不知道家在哪里。"

洛克说:"月亮出来,天又放晴了。我要再去看看那些雪山。"

"您还要给它们拍照吗?"

"不拍了,就坐在那里,好好看看。"

两个人都披上了大氅式的皮衣。厨师是光板的羊皮衣,洛克的大氅镶着闪闪发光的锦缎面料，领子是蓬松暖和的狐皮领子。他们站在山谷断崖的边缘向着对面的雪峰眺望。

洛克轻轻问："他们真是一些神吗？"

"他们是菩萨，发了大愿要救度人间悲苦的众生。"

"你相信这些说法吗？"

"我怎么会不相信？！"

"那他们会来救度你吗？"

厨师摇摇头："我不知道。也许他们不知道我，也许是我的命运不够悲苦。也许服侍上等人的人在他们眼中都不够悲苦。"

这时，一些薄云又掩去了那些雪峰。

## 八十五　日松贡布营地

早上，太阳升起来。

所有东西都打好包，驮在了骡马的背上。

洛克牵着他的马，还在眺望雪山，还在四处徘徊。

管家对和才说："趁着天气好，我们应该早点儿上路。我们该回去了。一会儿天就会变坏了。"

和才："你去对洛克博士说吧。"

"一个异教徒来到这里，拍照，测量，神山知道了会发怒的。"

"我让你自己去告诉他。"

那个消失许久的游方僧又出现了。没有看见他是从哪里来的，但他就像从地底下钻出来一样，突然就在营地里的人们中间了。他一手摇晃着带转轮的、上面诸多悬挂物的沉重的经幢，走到了和才和管家面前："扎西首领叫外国人赶紧离开。"

洛克过来了，依然摆出傲慢的架势："是他同意我来的。"

游方僧说："昨天下午，山谷里下了巨大的冰雹，毁掉了几个村子的庄稼。扎西首领说，这是山神不高兴不信教的外国人来。他叫你们快走！不然，他就不想管束他手下那些勇敢的武士了。"

洛克说："离开？我要和佛教徒一样，去绕行三座神山一圈。我也要对伟大的山峰表示敬意。"

和才知道，他的主子并没有作这样的打算，他更知道，他的主子为了面子就是喜欢这样虚张气势，便说："洛克博士，我们的粮食，还有你的酒和咖啡，都不多了。"

洛克气哼哼地对游方僧说："好吧，那我们只好回去了。你告诉扎西首领，我是他邀请来的客人，他这样不是友好的待客之道。孔子说过……"

和才在他耳边说："好了，洛克博士，这些人不知道孔子是谁，我也只知道一点点。"

一直显得胆小畏葸的游方僧这回却表现得坦然自信，他颇有深意地微笑着。

洛克跨上马，走了几步，又回头对他说："告诉扎西首领，我还会回来！"

那个衣衫褴褛的游方僧高深莫测地微笑。

管家催马上来说:"老爷,请!"

洛克余怒未消:"你,还有你的主子木里王也该知道,他们保守封闭的世界就要崩溃了!"

他挥舞鞭子,催马向前。

管家不明所以,问和才:"他说什么?"

和才一副明了一切的表情:"他只是在假装生气。告诉扎西首领,这个外国人不会回来了。以后,你们还是去当心别的人吧。别的外国人。那些有军队的人。那个胡军长。"

## 八十六　木里土司府

洛克和木里土司相向而坐。

垂手侍立在旁的管家又恢复了他从容自在的模样。

洛克看看管家，对木里土司说："看来，您的人还是待在自己的地盘上自在。"

木里土司说："我也是这样。我们从来没有想过要去抢别人的地盘，可外面的人为什么总是想到我的地盘上来，就为了那些金子？"

洛克笑起来："我听说，您的人总在把露头的金矿掩藏起来。可我得告诉您，外面的人也不全是为了金子。"

"那为了什么？"

洛克看看四周。看到那架幻灯机还摆在旁边，那些幻灯片也被整理得整整齐齐。

"看来您一直在看那些东西。您明白那些皇帝为什么失去财富和宝座，还有生命？是权力。是新的国家取代旧的国家。在这个世界上，不会允许一个国家里还有国家。

而你的世界就像一个独立王国。这是不被允许的。昆明的将军和四川的将军不会允许，南京的蒋总统也不允许。国家的权力会想方设法地到达这里，来了之后，就不再离开。"

木里土司叹口气："难怪庙里的活佛说，他在梦里看到将来我会住在一个陌生的地方，一个大城市里，无所事事。算了，不说这些了。您要走了，我想把这些金子送给您。"

管家端上来一只金碗。

金碗里还盛着几粒细碎的小金块。

木里土司说："过去，我们只从山里取一点点金子，为新的佛像镀金，也做几只这样的金碗，贡给那些给我封号的人。"木里土司用汉语准确地念出了他的封号，"敕封木里宣慰司。清朝大皇帝封给我先祖的，世袭罔替。现在，四川的刘将军派人来，说要给我换一个新封号。"

"是啊，现在是中华民国了。"

"那我把这只金碗送给你，还有里头这些金子。是那块大金子炸碎后留在桥上的，死了几十条人命，就剩下这么一点点了。"

洛克把碗中的碎金倒在手掌上，又一粒粒让它们漏回到碗里。"是啊，那么多条人命，真不值得，"洛克说，"今天的人出门，已经不带金子和银子了。我走这么远，也带不动那么多的金子和银子。"洛克拿出一张美元，摆在桌子上，又叫和才从身上掏出一叠民国的纸币放在桌子上。"今天，全世界都用这个东西——纸币。"他说。"按中华民国的货币法，我这十美元，"他拿过一叠法币，"可以换到这么多的中国钱。"

"那为什么四川的刘将军要来开我的金矿？为什么这回云南的胡军长还要派人来参加那块金子的争夺，"说到这里，木里土司笑了，"他人多枪好，死了几十个人，还是什么都没有得到。"

洛克说："我要走了，我没办法几句话说清楚一个你不了解的复杂世界。我也没办法给你讲清楚什么是货币的金本位。也许您应该出去走走，看看外面的世界。"

木里土司说："我想过，也许我的祖先就该做这样的事情，我是不能做这样的事情了。我一出去，外面的人就来了；他们一来，也许我就永远回不来了。"

洛克："您是一个政治家，过时的政治家。变化，变化，变化晚了就来不及了。"

"您真的要走了？"

洛克说："是的，我要回美国去，把木里，把香格里拉的故事发表在《国家地理》杂志上，我还要做很多演讲。"

"您说您要把这些故事告诉美国人。美国人为什么那么想知道我们这里的事情？"

"美国人就是想知道。"

"美国人为什么要知道我们，也是想得到我们的金子和地方吗？"

洛克站起身来，指指下面院子里整装待发的驮队："我真的要告辞了。"他拿出洗印出来的一叠照片，最上面是木里土司独自端坐着的照片，递到他手上。"美国人会在杂志上看到您的样子。"

木里土司看着自己的照片，好奇又满意，他对管家说："看看，这个人很威风呢。"

管家说："那就是老爷您。"

木里土司笑了："是我吗？哦，真的是我。只能是我。哦，还有你们，我看看你们的样子。"

木里土司埋首在照片中，一张张看着照片，竟然笑出声来。

管家提醒他:"洛克先生走了。"

"让他走吧,他是个了不起的人,了不起的人不会在乎平常的礼仪。"

## 八十七　山道上

队伍转上一道山梁，这是最后一个可以望见寺院和木里土司府的地方。

洛克停下马，看看天空，上午斜射的光线中有一种漂亮的刚蓝色，他招呼和才："拿相机，我要再拍拍木里大寺。"

收拾相机的时候，和才抱怨："他该来送您一程。"

洛克笑了："我想是那些照片把他迷住了。"

洛克上了马，对正在收拾照相器材的和才叫道："和才！"

和才抬起头，洛克取下挂在身上的望远镜："派个腿脚快的人回去，把这个送给木里王。"

## 八十八　泸沽湖边

泸沽湖蓝色的湖水在山前出现了。

最初只是显现出一个小小的角落，然后，展现出越来越宽阔的水面。

驮队发出欢呼。

这意味着充满风险的旅程终于结束了。

不用人催促，整支队伍都自动加快了步伐。队伍刚行到山前，就看到军队的营地，看见持枪的士兵在地头催促着老百姓收割庄稼，还有士兵在监督百姓宰杀牛羊，并架着大堆的火，熏制肉干。

洛克的表情变得凝重起来。他命令和才收拢队伍，打起了他大写着令字的三角旗。侍卫们都端起了枪。洛克命令他们往枪里压满子弹，但只能背在身上。队伍沉默下来，只有牲口们杂沓的脚步声，和驮队行进时在干燥泥路上扬起的尘土。

憔悴不堪的阿云山总管带着几个手下出现在前面的

路口。

他看到洛克时就像见到了救星一般。

洛克跳下马，阿云山围着他转了一圈："洛克博士，我看你一切平安，好，佛祖保佑！"

洛克："我的朋友，我看您这里情况不好。"

"非常不好，胡军长的队伍人太多了。您都看见了，牛羊快杀完了，地里的庄稼也被他们收了。我的老百姓怎么过这个冬天和明年的春天？"

洛克皱起了眉头："他为什么待在这里不走？"

"他拿不定主意该打回昆明，还是逃往四川。我请求您去见他，请他发发慈悲，高抬贵手。请您去见他，替我们求求情。"

洛克摇头："他凭什么听我的话？"

"他们害怕外国人。"

洛克坚定地摇头："对不起，朋友，我早就告诉过您，我不能介入中国人的争斗。"

"我没有和他争斗，我怎么敢跟他争斗，我请您救救我，救救我的百姓。我只是请您让他可怜可怜我们。"

"这件事情，您应该去南京，找蒋介石总统。"这时，他们正在经过的是左所土司的地面，在湖湾处，土兵们正在督促老百姓收割地里的玉米。洛克的队伍经过时，那些士兵的枪都调过来指向了洛克的队伍，双方都沉默着，一言不发。双方都十分警惕。在接近湖岸的地方，一个军官带着几个士兵站在路口。队伍停下来。那个军官手按在腰间的手枪上，表情凶狠，挡住了队伍的去路。洛克催马一直走到他面前，一言不发地紧盯着他。那个军官退缩了，他避开了洛克逼视的眼神，挥挥手，身后的士兵就把道路让开了。

洛克脸上的肌肉扯动了几下，却没有笑出来。

驮队又向前行进。

洛克勒马站在道旁，看着驮队一一从他面前经过。从什么地方飘来了风琴声。声音悠扬，清新，和眼下这情形格格不入，倒与泸沽湖上的波光丝丝入扣。

阿云山指了指湖湾中的小岛。

音乐声从那里传来的。随即响起了歌声，是民国时期内地的流行歌："长亭外，古道边，芳草碧连天……"

地里劳作的人，和监督他们的士兵们都抬起头来，向着湖心岛引颈而望。阿云山对洛克说："您见过那个女人，左所土司从汉地娶来的新妻子。这个女人，弹琴歌唱，骑马打枪，人还那么漂亮。土司把这座岛送给了她。这座岛如今有了新的名字：王妃岛。"

王妃岛四周波光闪烁，岛上绿树葱茏。

洛克挺身在马上，轻轻一提缰绳："文明世界的声音！我很久没有听到真的琴声了。"

琴声飘过湖面，在这片两个岬角间的湖湾间轻轻回荡。

刚才那个军官跑步赶来，站在洛克面前，立正敬礼："胡军长有请洛克先生！"

洛克看了看阿云山，说："等我到了目的地，扎下营帐，换了衣服，再去拜会胡军长。"

"将军请您立马就去！"

## 八十九　胡军长指挥部

胡军长的指挥部设在一个临湖的村庄。周围都有民房,他却住在一个军用帐篷里。在帐篷门口,那个军官架住了他的胳膊。洛克使劲晃动肩膀,却没能从他手中挣脱出来。又一个军官上来,架住他另一边胳膊。这一回,洛克用双脚蹬住地面,坚决不往里走。他说:"我抗议!"

面对一排端着枪的士兵,他的纳西侍卫不敢有所动作。

他还是被推到了帐篷里:"报告军长,人带到了!"

胡军长坐在一把帆布躺椅上,手里捏着一把茶壶。他睁开有些浮肿的眼睛,看了洛克一眼,脸上露出些微的笑意:"你就是那个很有名的外国人了?"

洛克理了理衣领:"约瑟夫·F.洛克。我抗议!"

"抗议什么?"

"军长的部下如此粗鲁无礼,对待一个美国公民像对待一个俘虏,一个强盗!"

胡军长笑了:"你不用这么咋呼,我在昆明的时候,见过贵国的领事，他说得很好，说中华民国是动乱之国。动乱之国就是这个样子的，军人为大。"

洛克想说什么，但将军举起手，止住了他："在昆明的时候，我也常请洋人来聊天说话，今天我可没有那么多闲情逸致，跟人磨牙。我只问两个问题，你都要如实回答。"

洛克："我抗议，将军完全不顾外交礼仪，对一个美国公民像对一个犯人说话！"

"第一，当地土司说，你会帮他们说话。我想问的是，你想帮他们说些什么？"

洛克说："我来贵国是受美国农业部和国家地理学会派遣，采集植物种子和标本，拍摄照片。"他掏出在昆明领事馆开出的文件。"遵照美国政府和贵国政府的领事条例，我在贵国所有活动都遵行一个原则，任何情况下都不会干涉贵国的内部事务。至于这些本地土司，从丽江到泸沽湖，再到木里，我反复向他们申明，我只是前来完成我的工作。"

"我听说，你同情他们。"

"那也只是因为他们是一些值得同情的人。我同情他们对世界一无所知，同情他们的担忧，同情他们的恐惧，同情他们并不知道如何应对这个变化的世界。"

"那你同情现在的我吗?"

洛克没有说话。

胡军长一拍桌子:"我在问你话,洛克先生。"

洛克脸红了,太阳穴边的血管也鼓了起来:"没有!我对你们这些军人没有同情!几个月前,我在昆明走进领事馆的时候,你的队伍正在和龙将军的队伍开战。而你知道,在贵国的东北,日本人的军人正在干些什么?"洛克大喘一口气,声音也弱了下来:"请原谅,我对你们这些军人没有同情。"

胡军长沉下脸,说:"把那个人带上来。"

帐篷外又推进来一个人,一个双手绑在背后的外国人。

洛克看着那个蓬头垢面的外国人:"迈克?"

"洛克先生。"

"迈克你怎么在这里?"

"这片土地上所有的军队都号称革命军,我四处寻找,看能不能找到真正的革命军人。"

洛克嘲讽道:"看来你运气不好,没有找到。"

"我不相信一个国家就没有一支真正想拯救这个国家的

革命军队。"

"一个国家？这里是中国。中国跟你有什么关系？"

胡军长走过来，换上了一副通情达理的口吻，对洛克说："我要离开云南，我要带着我的队伍去四川。我的地图上没有通过木里的路线。这是第二个问题，我的队伍能通过木里吗？木里的路到底有多难多险？"

"你不是派出过一支队伍去争夺黄金吗？你那些逃回来的人可以告诉你。"

胡军长挑了挑眉毛："我的人一个都没有回来。你见过他们吗？他们都死光了吗？"

"我从远处看见过他们为了一块金子和贡嘎岭的强盗开战。木里王说，他们死了好几十个。"

"这就是说，剩下的人都逃跑了。与其这样，我倒是愿意相信他们都被木里土司全部杀死了。"

洛克说："他们是和别处来的土匪交战，争夺木里土地上的黄金。木里王并没有参战。"

胡军长说："我想请你帮我的工兵连长在地图上标示出行进的路线。尤其是什么地方有重要的桥梁和隘口。"

洛克沉默半晌，终于下定了决心："我不能以任何方式参与中国的内部斗争。将军不用威胁我,我享有领事保护权。"

胡军长身边的工兵连长威胁说:"天高皇帝远,要是你消失了,不会有人知道你是怎么消失的。"

"那你们得杀光这块土地上的所有人。不是一个人,是成千上万人。"

工兵连长掏出手枪,指向他:"我现在就毙了你!"

洛克脸色苍白,但他没有退缩,而是对着枪口迎了上去:"我独自一人在你们这些军人都不熟悉的地方探险,怕死的人不会从事这样的事业。"

帐篷里是坚冰般的沉默。

胡军长又重重地坐回到他那把椅子上。他突然哈哈大笑起来。他的笑声很大,却显得虚弱而又空洞:"他只是开个玩笑,我不会真的这样对待美国友人。送客!"

洛克指指迈克:"我要向美国领事馆报告,你扣留并虐待一个美国公民。"

胡军长:"这个人四处打探我们军队的情况,他得证明自己不是布尔什维克的奸细。"

迈克对洛克说:"走您的吧,洛克老爷。"

当洛克走出帐篷,听见了里面所有动静的和才和总管阿云山都迎了上来。

洛克长舒了一口气,他看一眼阿云山,转而对和才说:"继续赶路,我必须马上离开这是非之地。"

阿云山说:"那我要护送您一程。"

洛克有些气急败坏,对他摊了摊手:"我的朋友,刚才的情形您都看到了。我们还是各自保重吧。"

阿云山忧心忡忡,摇了摇头,他想再说点什么,洛克已经打马上路了。

阿云山赶上几步,身后传来一个军官的声音:"阿云山总管,胡军长有请!"

阿云山站在那里,目送洛克远去,满脸悲戚。

## 九十　山道上

"上帝,"洛克的画外音响起,"当我对着那个军人的枪口时,说我不怕死,是虚张声势。一个正派的绅士不能说谎。这是中国人惯常的做法。将军们会用,扎西首领会用,木里王也会用,甚至我的下人们也能熟练地使用这些伎俩。上帝,用中国人的话说,这叫'以其人之道,还治其人之身',这是这个古老的文明中发展出来的生存智慧。我当时的确是害怕了。我是怕死吗?无所不在的上帝,如果那时候您没有休息,那您一定看见了,您会原谅我吗?也许,我可以利用那位将军对一位美国人的顾忌,帮一帮阿云山总管,但我没有。我硬下了心肠。我把他扔给那个贪婪残忍的将军,任其蹂躏。上帝,现在我知道我正在逃跑。逃避危险,也逃避那使我软弱的良心。"

这样的旁白中,镜头加快了。

洛克在黄昏时分回首眺望泸沽湖。

湖边的坝子上,阿云山带着一些士兵走进村庄,劝说村民拿出更多的粮食。

洛克的队伍,打着火把与手电在密林中星夜兼程。

中午时分,他们来到了浩浩荡荡的金沙江边。那里已经有人备好了羊皮革囊,唯一可用的渡江工具。渡口上的人拿出一封上面沾着鸡毛的信:"阿云山总管让我们帮助你们。"

洛克脱光了衣服,衣服打成一个包捆在他背上。他赤条条地趴在几个皮囊串连成的筏子上。他惨白的皮肤引起了人们的哄笑。船工们黝黑的身体一丝不挂,他们扑进江流,推着皮筏向着对岸漂流。

每一朵浪花溅起来,落在洛克身上,他都禁不住一个激灵。

洛克赤身裸体躺在江边被太阳晒热的沙滩上,不断往身上堆积暖和的沙子。

和才也渡过江来。他穿好了衣服,正在指挥新的筏子靠岸。

江流上,货物正在以运载他同样的方式渡过江来。

一只皮筏翻了。几只箱子载浮载沉,漂向下游。

洛克无奈抬身望着,直到这些东西消失在视线尽头。

和才看着他，以为他会发火，但他叹息一声，又躺回到沙子底下。

最后一只筏子了。厨师拒绝渡江。远远地，他对着江这边挥了挥手，转身走回了他们所来的山道。他一直往前走，没有回头。

洛克骑在马上，在人烟越来越稠密、越来越宽阔的大路上行进，他的脸上露出了宽慰的笑容。

在一个孤寂的小镇，他们看见一座教堂。

在教堂门口迎接他们的那对传教士夫妇，我们见过，就是故事开始时飞机上的那一对。

教士说："也许洛克博士愿意在耶稣像前静静地待上一会儿。您没有亲近上帝，不在他跟前祈祷的日子有多久了？"

洛克冷着脸说："你们在这里多少年了？"

"十六年了。"

"请问你的教堂有多少教民了？"

"五名。"

传教士的妻子补充道："加上我们两个。"

洛克："倒不如请我喝杯咖啡。"

传教士脸上显出吃惊的表情。

更宽阔的道路，更人间的景象。洛克坐上了一抬轿子。

丽江城在望。之前派出的纳西侍卫在这里等候着他。

昆明城的火车站。一只只装满材料和资料的箱子正在装上火车。洛克又变得精神焕发了。他一身笔挺的白色西装，戴着软边帽子，手里还提着一根拐杖。和才护送他登车，坐进了软席车厢。纳西侍卫们排成一排在车窗下站立着。

洛克对和才说："我还是想你跟我走。"

"洛克博士，我母亲病了。再不回去，我怕见不着她了。"

"到了越南，我们再去美国。"

和才避开他的眼睛，把一封电报稿放在他面前，退出了车厢："洛克博士，我母亲病了。还有，我想我的儿子了。"

火车缓缓开动，月台上是他那些纳西侍卫，然后，是更广阔的场景，神气的外国人，神气的军人，乱哄哄的，卑微但众多的老百姓。

洛克打开电报稿："洛克博士，我们请专家对你所提供的测量数据进行了反复计算，也研究了你的测量方法。很遗憾地告诉你，本会不会承认日松贡布是世界最高峰。我们钦佩你在动植物新种发现上的杰出贡献，也期待你带回来能为《国家地理》杂志增加荣耀的非同一般的文章和照片，同时，我们也希望你在地理发现方面保持适当的谨慎。"

火车开动起来，洛克一松手，那张电报纸飞出窗外，飘向身后的不知什么地方。

## 九十一　华盛顿　国家地理学会

洛克刚刚结束在国家地理学会的演讲。

人们正在散场，好些人手中都拿着一本新出版的《国家地理》杂志。有人上来请他签名。打开来，上面有日松贡布雪峰的照片。那个衣衫褴褛的游方僧的照片。木里土司的照片。阿云山的照片。泸沽湖湖心岛的照片。

人群散尽。洛克一个人站在楼梯口，一个满头白发的人走过来："瞧瞧，这就是一个探险家的荣耀。"

洛克有些急切地："我都回来大半年了，我想跟会长先生谈谈下一步的计划。"

那人拍拍他的肩膀："你应该停一停，享受一下文明生活。"

"可是，我思念那些人，那些蛮荒的群山。虽然在那里的时候，我在绝望中诅咒过，发誓不再回去。但现在，我真的想念那里了。"

"我想你应该更耐心一些。你知道，现在是大萧条时期，我们拿不出那么多钱来。你的文章和照片都很精彩，但成本实在是太高了。而且，战争的阴云正在笼罩这个世界，从中国，到欧洲。"

洛克："我不害怕这个，在中国，我无时无刻都处在危险中间。"

"亲爱的洛克，这个世界正在发生不好的变化。这不是形势问题，而是钱的问题。再说，你坚持认为日松贡布雪山超过了埃瑞斯峰的高度，是一个错误，这引起了一些权威人士的反感。"

洛克几乎叫起来："那是嫉妒，而不是反感！"

那人的神情变得异常严峻："你得承认你犯了错误。"

洛克低声嘀咕："我的专业是植物学，不是测绘。"

## 九十二　华盛顿

某个贵族之家的派对刚刚结束。

人们正在向站在门口的主人夫妇告辞。洛克向主人辞别。女主人热情洋溢:"洛克先生,您都不知道,您席间所讲的探险经历,让客人们多么入迷。"

男主人:"请记住,您永远是我们家最受欢迎的客人。"

洛克笑笑,他似乎已经激情用尽,神情落寞地走下台阶。一辆豪华轿车停在他身边。从车窗上探出一顶夸张的羽毛帽子,下面是一张化了浓妆的脸:"洛克先生,您刚才的故事太精彩了!"

"谢谢夫人。"洛克亲了亲那只伸在他面前的指甲通红的手。

"洛克先生,我想邀请您去我家看看我丈夫在非洲打猎的纪念品。您尽管放松,我先生又上非洲打猎去了。男人在远方探险,我在男人身上……探险。"

洛克的脸冷下来:"太太,我不是猎人,我是一个探险家。我还要去向农业部官员申请下一次考察的经费。"

车绝尘而去。

洛克一个人在街道上落寞地行走。

他经过了农业部门口,但他没有停留,脑中却回响着农业部官员的话:"洛克先生,我们中西部的农民正在忍受大萧条的折磨。这个时候,我们拿出钱来支持您去中国采集那些植物种子显然是不恰当的。"

## 九十三　某大学标本室

洛克走进一间大学的标本室，他掀了掀鼻翼，闻到一股霉味。

他推开了窗户，让外面的风进来。他看到，自己千辛万苦从中国采集并运回美国的植物标本只整理出来很少一部分。一枝一叶一花，在一张张固定的页面上用胶带粘好，夹子的封面上，用拉丁文标上了植物的科名、属名和种名。他看到有几种植物命名中，夹着自己作为发现者的名字，而更多的标本连箱子都没有打开。他闻到的霉味，就是从那些漂洋过海的箱子里散发出来。他打开箱子。有些标本已经霉烂。他又打开一只箱子，里面是他搜集到的藏文的大藏经，以及写满象形文字的东巴经文。这些纸张也有些发霉了。他把这些经卷搬到落满阳光的窗台上，一卷卷铺开。他搬来一把椅子，守着这些经卷。他闭上眼，恍然又回到了中国。耳边响起泸沽湖边咚咚的东巴鼓声，东巴们在吟诵这些经卷。木里的寺院里，喇嘛们也在咚咚击鼓，吟诵经卷。

第二天，洛克又出现在同样的地方，在窗台上的阳光下铺开这些经卷。他坐在椅子上，神情落寞，打起盹来，手中的一份英文报纸落在地上，上面有新闻标题《日本军队攻陷中国首都》。

此时，响起了画外音："上帝，看起来，这里的人们并不需要我。我想念中国。我想回到中国。"

## 九十四　昆明火车站

多年后。

洛克又一次回到中国。

火车还没有停稳,他就看见了和才。和才也看到了他,对他使劲摇晃着双手。

洛克看到和才背后还站着好几个纳西侍卫。虽然不是当年那整整齐的十二个,但他们大多数都来了。等不及下车,洛克就把行李箱从车窗递到了侍卫们手上。

走出车站,昆明这个城市还像当年一样凋敝破败,气氛却不同以往。街道变得整洁,人群熙熙攘攘。他们中的大部分人,不管是普通百姓,还是军人,都显得兴奋而振作。

和才说:"接到您的电报我就通知了他们,告诉他们洛克博士要回来了。您看见了,只有五个人没来。"

"六年了,来这么多人我已经很高兴了。"

"三个人参军了。"

"参军?"

"参军打日本人!还有三个……"

洛克反倒笑了,他感叹:"您的国家像是一个国家了。"

和才说:"其实您也用不着要那么多侍卫,路上土匪少多了。"

领事馆还在老地方,但领事换了一个人:"什么?您说这个国家好多了,还能比这更加糟糕吗?"

洛克说:"那是因为您没见过以前的中华民国。"

"我听说过您。战争时期……"

洛克指着窗外的和才和那几个纳西侍卫,脸上露出骄傲的神色:"我以前的侍卫跑了一千里路来接我。"

## 九十五　山间　露营地

一座小山岗，一片松林中，洛克和他的纳西侍卫们露营。

这一回，他的营地比以前小了很多。其实就是一大一小两个帐篷。

洛克在小帐篷中，坐在折叠桌前，面前摊放着一页页满是象形文字的东巴经文。他一边回忆，一边用纳西话读出某一个文字的读音。和才端来了在大帐篷里做好的饭。那是一只军用饭盒，里面装满乱炖的肉与土豆。

和才语带歉意："没有厨师，您得吃跟我们一样的饭了。"

洛克看看那热气腾腾的饭盒："这一次，没有人给我钱了，不过，你还是得帮我找一个厨子。"

和才很警觉："您没有钱了？"

洛克脸上明显露出不快的神情，但他耐下心来解释："您跟我去过美国，知道以前那些钱，都是美国农业部和国家地理学会赞助的,但他们不愿意再给钱了。我用我以前节省下来的钱。"

和才睁大了眼睛:"您节省?您以前用那么多东西,雇那么多人,还节省?!"

"用美国人的标准……"话刚开了个头,洛克就不耐烦了,他甚至为自己居然向一个侍卫解释这些事情而感到恼怒。他敲了敲桌子上的东巴经文,"我要找出最好的东巴,我要告诉英语世界的人,这些图画一样的文字是什么意思。我要把这些字的意思,一个一个,用英文写出来……上帝,我为什么要跟你说你不懂的东西。"

和才说:"美国人懂您,那您为什么不就待在美国?"

洛克被问得答不上话来。

"您吃饭吧,待会儿我来收拾。"

和才出去,洛克端起了饭盒。他内心的声音响起:"上帝,我怎么告诉他美国人对我发现的东西并没有那么强烈的兴趣。我怎么告诉他美元的力量,说一个收入中等的美国人,在中国就是一个富翁,上帝,是不是我以前在中国的做派太过铺张,您才要惩罚我,让我失去所有的资助?但是,上帝,您得知道,没有那些铺张的做派,我怎么让阿云山总管、木里王还有扎西首领这样的人尊敬我,或者是害怕我,完成我那些不被真正尊重的伟大发现?上帝,美国人真的像他们声称的那样需要我的发现吗?"

## 九十六　东巴房舍

东巴演唱经文的屋子弥漫着某种神秘的气氛。

一个东巴在演唱。

洛克拿着东巴经卷，辨识那些文字，用音标一一标识。

## 九十七　湖心岛　总管府

洛克与和才登上了通往湖心岛的独木船。

泸沽湖。夜晚的湖心岛上。

洛克一个人坐在一张大桌子前，身旁立着和才和另一个纳西侍卫。除此之外，整个大厅空空荡荡。

门口站着永宁土司总管府的新管家。他领着上菜的侍女进来，亲自把大碗大钵的菜在桌上摆开："洛克先生，总管太太让我好好招待总管的老朋友。"

年轻的管家亲自执壶给洛克斟满了酒杯。

洛克接过酒杯，神情悲戚，走到房中的神位前，他拿出一本《国家地理》杂志，摆在神位前，打开，上面是他拍摄的阿云山的照片。他穿着棉袍，怀抱着孙子一样大的小儿子。现在，阿云山从杂志的纸页上望着这些大厅里的人，望着这个大厅，洛克把酒倾倒在照片前，他回身问："他什么时候去世的？"

管家："您离开我们的第二年。"

这时,窗外传来了哭声。洛克看见了隔窗的人影。

洛克走到窗前:"是总管夫人吧?"

那个人影哭着走开了。

洛克坐回桌前:"总管他得的是什么病?我知道他肺不好,哮喘。我不是留下了很多药吗?"

"他不是病,他是操心死的,后来,他都不肯吃药了。"

洛克眼里有泪光闪烁。

## 九十八　湖心岛

早晨，洛克坐在岛上面湖的凉亭中。

凉亭在伸向湖中的半岛的顶端，在松树的掩映之中。对面，是泸沽湖卧狮状的格姆女神山。这位女神总是被东巴反复吟唱。这张照片，也发表在《国家地理》杂志上。现在，洛克就坐在这张照片呈现的风景中间。他拿出笔来，在凉亭的柱子上书写："这是我见过的世界上最为宁静、最为美丽的风景，但是，那个人却不在了。那个对他的族人充满责任感的总管不在了。上帝，阿云山总管，还有木里王，他们不懂得这个时代似乎不是他们自己的过错。中国人说，物是人非，就是这个意思。上帝，我不会再来这个地方了。在这个世界上，我总是孤身一人，我得承认，这个世界对我来说，更加荒芜了。"

和才来了："死去的人不会回来。我们该离开了。"

洛克走出去几步，转身说："我忘了我的书。"

和才回去，拿起洛克放在桌上的书。他发现这本书不是他一直看不完的那本《大卫·科波菲尔》，换成了另一本书。封面上是一个中国士兵吹号的剪影："您终于把那本书看完了。"

"知道这本书是谁写的吗？曾经需要我保护的迈克先生。"

"您讨厌的那个美国人。"

"他找到了他要找的革命军队。"

## 九十九　湖上　小船中

洛克在码头上登船的时候，看到总管夫人出现在岛上方，正目送他远去。

当洛克举起手，向他挥别时，总管夫人身影又迅即消失了。

船开动了。离岛越来越远。

洛克问和才："总管夫人是不是在躲着我？"

和才点点头。

洛克很惊讶的样子："我是他们家的老朋友！"

"总管宽厚，把你当朋友。总管夫人是看在总管跟你的情分上，才……"

"我专程去看望他们！"

和才说："这有什么用？当他们最需要您的时候，您一刻都不肯停留就连夜离开了。"

"和才你知道，我不能插手你们中国人内部的事务！"

"但您可以留下来，安慰他们，陪伴他们。打个比方，一个人病了,要死了,您不是医生,救不活他,但您可以陪伴着他。洛克博士,您总是说你们中国,你们中国。难道美国人就不是这样?"

洛克说:"至少我关心你,改变了你。"

和才:"您关心我?这么多天了,您没有问候过我的家人:我的母亲,我的妻子,我的儿子。我一直想告诉您,我又有了一个女儿。但您一句都没有问过。"

洛克沉默半响,抬头说:"我没有妻子,没有情人,没有儿子,我只想全心全意地工作。我不想任何事情分散我的注意力,"他在此时也没有一点儿歉疚,只是显示出了某种软弱,"和才,你不会离开我吧。"

"人家都羡慕我跟您挣了很多钱。我家里人说您是个好人。"

洛克听了这话,脸上露出受用的表情,说:"我们再去一次木里吧。不去日松贡布,只去木里,我想知道木里王怎么样了。"说到这里,洛克笑了起来。"我知道,我告诉他德皇和沙皇的故事让他害怕了。我要看他守没守住他的金子。"

和才："木里土司也死了！您不知道?！"

"什么？他那么年轻，死了?！"

"我们离开木里的第三年，他就被打死了。"

## 一百　木里寺院

木里土司正在准备出门。

他问管家："那封信上是怎么说的？你再说一遍。"

"刘军长派来一位团长，还有一位什么委员。他们说，清朝皇帝的土司封号不能用了，国民政府要给你一个新的封号：川滇边镇守使。"

木里土司身躯肥胖，要有人帮助才能上马。他刚刚在马上坐稳，寺院的活佛快步从庙里出来，拉住了马缰。

木里土司笑道："您也要一起去吗？"

"土司，不能去啊！"活佛一脸忧惧，"我算了一卦，卦相凶险啊！土司您不能去！"

木里土司说："土司？等我回来，拿到了新的委任状，就不能叫土司了，"他问管家，"新封号是什么？"

"镇守使。"

"回来你们就要叫我镇守使了。"

从寺院的大门口，可以望到平坦山谷上方的河滩上，是一个正在开采的金矿。金矿上方草地上，搭起一座大大的帐篷。那里，一些军人模样的人正在等待。有人向这里张望。

木里土司说："我就去那里一趟，你们看得见我。"他说："放心吧，我知道这些人，他们的革命是要金子，跟洛克先生说的俄国人的革命不一样。"

木里土司用靴子碰碰马肚子，马迈开了步子。

管家从活佛手中夺过马缰，牵马走在前面。

一个侍从在他身边，吃力地举着一把大黄伞，步伐紊乱。

再后面，是衣襟上斜着宽阔豹皮的二十个武士。他们荷着枪威风凛凛地跟在身后。

## 一百零一　湖中　小船上

　　湖上突然起风了。

　　风把湖上的小船吹向另外的方向，离岸越来越远，而且速度越来越快。船夫显得很紧张："上午是不会起风的！"

　　和才对空连开了几枪。

　　枪声传到岸上，传到岛上。人们都出来了，站在岸上向着湖中观望，但没有船出动来救援他们。

　　洛克掩饰住恐惧，但恐惧变成了愤怒："他们怎么能见死不救？！"

　　船在越来越大的波浪中剧烈摇晃。

　　洛克把船桨递到和才手上："你也划！"

　　和才一面拼命划动，一面说："报应，洛克博士，这是报应。"

## 一百零二　木里

活佛和一干人站在寺院楼顶上，忧心忡忡地看着木里土司带着卫队正沿着缓缓的上坡路穿过河谷，经过正在河滩上淘金的人群，慢慢接近了碧绿草地上那几座新搭的帐篷。

木里土司由侍卫搀扶着下了马。

帐篷前，穿戴整齐的士兵们持枪排成两排，木里土司和管家穿过这些仪仗。这是一段缓缓的上坡路。木里土司喘着气往上走。他的武装侍卫被拦住了。木里土司回头，看他们被请进另一座帐篷，脸上露出释然的表情。坡顶的帐篷门口，出来了两个人。一个人穿着黄呢军装，手按在腰间的手枪套上；一个人穿着黑色中山装，手持着一根拐杖。

木里土司笑了，两个人却表情严肃。

木里土司回头求援般看看管家。但管家也正回头，向着下方不远处的寺院张望。

帐篷前倾斜的草地上，挖出了几级台阶。用木头垒成。

木里土司试了几次,他迈不上去,台阶太高了。那个军官示意,两个士兵出手,才把他推上了台阶。木里土司脸上露出了尴尬的笑容。

两个士兵撩开帐篷门,那个穿中山装的人这才露出一点笑容,做了个请的手势。

帐篷里摆着几把椅子。大家隔着桌子分宾主坐下。

主人背后挂着蒋介石总统的像。

木里土司回头对管家说:"我想喝茶。"

穿呢军装的清了清嗓子:"等宣布了刘军长的命令再喝不迟。"

穿中山装的起立,走到木里土司面前,表情严肃:"本人是刘军长的特使,来代刘军长请土司去省城接受国民政府新的任命。"

"他说什么?"

管家猛烈摇头:"你们要挖金子就挖,我们的老爷不能离开。"

中山装也摇头:"这是什么话,日本人侵略我国,大敌当前,蒋总统训令,全国政令统一,军令统一!你一个小小木里,竟然公然抗拒。告诉你家老爷,这回是去也得去,不去也得去！"

话音刚落，就有端着一色短枪的士兵从帐篷边一跃而起，将木里土司和总管团团围住。

木里土司惊呆了，抬眼看着四周，最后把目光盯住了自己的管家，眼光里满是惊疑与困惑。他似乎从管家绝望而愤怒的表情中才明白了眼下的处境。

他奋力从椅子上站起身来。

管家发出一声啸叫，扑向了面前持枪的士兵："老爷，快跑！"

木里土司跌跌撞撞向着帐篷外跑去。

他身后，枪声响了。管家被打倒在地，但他又爬起来，扑倒了想要追出去的士兵。又响了一枪。管家被当胸一枪，击倒在地上。

木里土司正跌跌撞撞跑下帐篷前的斜坡。

许多支枪同时举起来，对准了他。

"中山装"举起手："不要开枪！要活的！"

这时，另一个帐篷里也响起了枪声。帐篷里尸体横陈。几个侍卫冲出了帐篷，他们追上了木里土司，用尽全力要把木里土司推到马背上。但他们被赶上来的士兵开枪打倒在地。木里土司伏在马背上,向着山下的寺院奔逃。寺院里的人们啸叫、鸣枪,前来接应。

枪声中金矿上的工人四散奔逃。

木里土司的马越跑越远,马上就要跟他的人会合了。这时,那个穿呢军装的军官发布了命令:"开枪!"

散乱在四处的士兵们向着同一个目标射击。

木里土司中枪了,他在马上歪了一下身子,但他紧抓着马鞍没有从马背上掉下来。

马继续向前奔跑。

又一轮射击。这回,是马被击中了。马重重跌倒,翻滚,把木里土司压在了身下。木里土司拼命挣扎时,那些士兵对着前来接应的人马开枪了。不只是长枪和短枪,早就埋伏好的机关枪也开火了。枪声震得山鸣谷应。木里土司看到,那些冲在前面的人纷纷跌倒,后面冲上来的人又纷纷跌倒。这时,木里土司看到几支枪同时对准了他。枪管近到几乎贴在了他脸上。

他听见人说:"看看他还能走吗?"

"走不了了。他的腿断了。"

一声巨大的枪响,就什么都消失了。

## 一百零三　湖上

湖上，一声响雷。暴雨骤然而至。

洛克躺在船舱中，任雨水冲刷。

洛克的画外音响起："上帝，为什么这个平静美丽的湖泊会显示如此的狂怒？在这个世界，连我的侍卫都把这看成他们的神灵对一个无情无义的人的惩罚。这些人为什么会把自己悲惨的失败归咎于我？上帝，您知道，在这个国家，这些保守的小地方的破碎，并不是我的责任。上帝，显示您的力量吧。"

风停了，雨幕中看不清方向，和才放下了船桨，船夫也放下了船桨。

小船在波浪间飘荡。

雨雾茫茫。

雨渐渐小了，洛克又坐直了身子，对和才说："可惜你不会写文章，可惜我没有死。不然你写一篇洛克之死，也会在美国出名，出很大的名！"

雨停了。

这时，他们发现，风把独木舟推到了湖的另一边。太阳又出来了。波浪还在一波波翻涌，把船推向岸边。

## 一百零四　泸沽湖畔

和才和洛克躺在了岸边的草地上。洛克闭着眼睛对和才说:"我这样的人不会那么容易死去的。"

和才说:"您死了是死您一个人,我死了一家人都会饿死。"

洛克叹息:"和才,和才,你为什么老拿你家里人来烦我,就像阿云山总管老拿他的百姓……唉!"

洛克起身,脱下了靴子、长裤和外衣,叫和才把湿透的衣裤搭在灌木丛上晾干。他自己穿着白色的内衣裤坐在太阳底下。他从身旁的灌丛上折下一段带叶的树枝,说:"腺果蔷薇。"

他再折下一段树枝:"某种铁线莲。"

和才见状,赶紧从他衣服中掏出他的素描本和铅笔。

洛克拿起笔,但本子已经湿透。一落笔,纸就划破了。

和才把本子上已有的植物素描图一页页揭下来,在石头上晾晒起来。

船夫往船外舀水。天空中云开雾散，湖水又从灰色变成一片蔚蓝。

离湖岸不远处的湖心小岛一碧如洗。

嘚嘚的马蹄声。

枪声。一声，又一声。

这些声音近了又远，远了又近。不见人影。

后来，他们发现这声音来自湖上的小岛。那座王妃岛。

船夫告诉他们："左所土司年轻的汉族太太天天在岛上骑马打枪。"

洛克说："前一次，我们经过这里时，她在岛上弹琴。"

和才说："她的父亲是刘军长手下的军需处长。"

他们说话时，岛上的声音消歇了。几条小船划出了小岛，在距他们不远处的码头上靠岸。一队人上马，向他们这边疾驰而来。洛克迅速穿好了还未晒干的衣服。

洛克正在整理衣冠，马队已经到达了。

马队停在湖岸上方十几米的大道上。当年那个年轻的中学生，已经是另外一副模样。她像当地妇女一样，头上顶戴着硕大的头饰，下身穿着一袭白色长裙。她的身上一左一右披挂着两支驳壳枪。她骑在马上，从高处俯瞰着湖岸边的人。几个干练持枪的当地年轻女子簇拥着她。

洛克捋了捋头发,微微躬了下腰。

马上的女子居高临下看着他,看着船,看着晾晒在石头上的那些植物素描图,笑笑,没说什么,一抖马缰,一队人便疾驰而去。很快,就翻过一个伸向湖中的岬角,消失不见了。

洛克他们又上了船。

船上,船夫说:"她现在是泸沽湖的新'女神'。"

洛克突然问:"那个扎西首领呢?"

船夫说:"不知道,反正他的人再也没有下山来过了。"

## 一百零五　一组回顾性镜头

　　湖上的天空,晚霞绯红,静静燃烧,整面湖水也辉映着一片金色的光芒。

　　镜头推开,是泸沽湖的风景。

　　是木里的风景。

　　是日松贡布那些美轮美奂的雪山。

　　是那些美丽的植物。绿绒蒿。杜鹃。报春。马先蒿。龙胆。丁香。凝结着露珠,在风中摇晃,绽放。

　　小船在渐渐暗下来的湖光中消失。

## 一百零六　丽江坝

字幕：十年后。

洛克站在帐篷门口，向着雨后初晴的天空张望。

帐篷里，整整齐齐地摞着一只只结实的木箱。里边是洛克搜集的动植物标本和东巴经文。

天上出现了一架飞机，在低空盘旋。准备降落。山谷中寂静的村落骚动起来。人们向着飞机降落处奔跑。

飞机降落了。剧烈地颠簸着冲到了帐篷前面。

和才带着在家的纳西侍卫都来了，洛克站在那里，看他们把一只只木箱装上了飞机。

分别的时候到来了。洛克一张脸上看不出表情，他登上飞机。在机舱门即将关闭的时候，他又从飞机上跳下来。他走到跟随了他二十多年的纳西侍卫们跟前。洛克五十多岁了。这些当年二十多岁的年轻人也已饱经沧桑。洛克脸上的肌肉抽动。然后，他抱住了和才。和才眼眶里溢满了泪水。洛克说："我忠诚的朋友，永别了。"

他又对侍卫们说:"朋友们,永别了。"

飞机升上了天空。越升越高。

地上,一支打着红旗的解放军队伍在行进。战士们抬头仰望那架飞机。其中,有两个人是洛克当年的侍卫,他们并不知道头顶上的飞机里坐着当年雇用他们的洛克博士。

飞机在飞行。

机翼下,白云朵朵。群山起伏。河流,湖泊,亮光闪闪。洛克的声音:"永别了,中国。永别了,泸沽湖!永别了,木里!"

## 一百零七　美国

又是十几年过后。七十多岁的洛克在幻灯机上翻看自己拍下的那些照片。幻灯机打在墙上，壁纸陈旧，那些照片也有些陈旧了。一张张洛克拍下的照片叠印。

他手边还有一摞厚厚的英语写成的东巴文词典，从那些稿纸中，他抽出一封翻看过不止一次的信："……我们承认，您发现了一种非常古老奇妙的文字，但是，我们很遗憾，由于学术界对此缺乏应有的兴趣，我们甚至找不到一个合格的审稿人来审定这部书稿……"

他佝偻着腰在植物园中穿行。

他对一株杜鹃花树说："你好，"他抚摸着杜鹃那漂亮的革质叶片，"是我把你从中国带来的。"

他又对一株挺拔的树干通红的大风子树说："你也是我从中国带到这里来的。可惜，我们都回不去了。"

最终，画面叠映出来只有几个人出席的葬礼，以及他小小的墓地。葬礼上致辞的人提到了对他的评价："他探索了那么广大神秘的地区,他带回的植物,装点了我们的花园,成为我们疗病的良药。他是我们这个时代一个伟大的发现者,终其一生都在无休止地探寻……"

洛克的声音同时响起:"我要死了。上帝,是您的旨意把我送到了那个时代的中国,或者,我就是个错生了地方的中国人吧。上帝,您听见他们说的话吗?我的探寻没有终其一生,我的探寻止于我离开中国的那一天。上帝,我沉重的灵魂变得轻盈了,轻盈了,也就是说,我死了。上帝,灵魂如此轻盈,以至于只有风,而不是我自己可以把控方向。上帝,帮帮我,让我朝向中国的方向。或许这一回,我会找到那个不存在的地方——香格里拉。"